KB154719

꽃도 사람처럼 선 채로 살아간다

꽃도 사람처럼 선 채로 살아간다

1판 1쇄 발행 2019년 1월 18일
1판 3쇄 발행 2019년 2월 15일

지은이 채광석

발행처 문학의숲
발행인 이은주

신고번호 제2005-000308호
신고일자 2005년 10월 14일

주소 (04029) 서울특별시 마포구 양화로7길 84 영화빌딩 4층
전화 02-325-5676
팩스 02-333-5980

값은 표지에 있습니다.
ISBN 979-11-87904-14-4 03810

꽃도 사람처럼 선 채로 살아간다

채광석 시집

문학의숲

살아왔고 살아갈 날이
하루하루 죄를 쌓아 올리는 거대한 돌탑 같다.
시인이 선량한 사람은 아니지만
시문 밖으로 출행한 지 스물세 해 만에
다시 언어의 사원 앞마당을 기웃거린다.
쌓아올린 죄업의 돌 한 개 돌 두 개
덜어내고 싶기 때문이리라.
살아왔던 날들에서 만났던 많은 사람들이 있다.
내가 주었던 상처나 아픔, 슬픔 같은 것을
먼저 되돌아보게 된다.
님들께서 허용할 수 있는 한에서
너그럽게 용서해주신다면 내 가슴에도
가을볕 두어 줄, 혹은 하얀 눈 서너 잎
종교처럼 스며들 것 같다.
늘 님들을 위해 축원하며 살겠다.
마음의 큰 빚 하나를 덜어내며
또 다른 빚 하나를 지게 된다.
이 시들을 두려운 마음으로
나와 우리 세대의 그림자에게 바친다.

목차

■ 시인의 말

제1부 90 그리고 서른

1991 친구여 찬비 내리는 초겨울 새벽은 슬프다　　　　13

1992 입영통지서　　　　16

1993 면회가 끝나고　　　　18

1994 전역 후　　　　19

1995 길을 잃고　　　　21

1996 중경삼림　　　　23

1997 잔치를 끝냈다　　　　25

1997 절필　　　　27

1998 돌 반지　　　　28

1999 정동진　　　　29

서른1 독립선언　　　　30

서른2 상해탄　　　　32

서른3 평양을 가다　　　　34

서른4 화려한 불안　　　　36

서른5 어떤 강의료　　　　37

서른6 코피　　　　39

서른7 악마가 자취를 감춘 사연　　　　41

서른8 생애 첫 기권　　　　43

서른9 예쁜 바람　　　　44

서른10 불혹 앞에서　　　　45

제2부 마흔, 무늬 몇 개

무늬1 꽃도 사람처럼 49

무늬2 불암 산정엔 50

무늬3 김남주 묘소 앞에서 51

무늬4 냄새 53

무늬5 나도 좀 울고 싶다 54

무늬6 벚꽃 지고 56

무늬7 여자의 생리가 끝났을 때 57

무늬8 심리상담 58

무늬9 늦봄에 59

무늬10 돌아오지 못한 시 60

무늬11 동강별곡 62

무늬12 대설 63

무늬13 한 형의 안부를 묻는다 65

무늬14 디오게네스처럼 67

무늬15 물푸레나무 69

무늬16 묵자처럼 71

무늬17 재회 74

무늬18 까치 소리에 75

무늬19 장관 76

무늬20 윤정모 선생님과 솔지 77

무늬21 촛불, 광화문 79

제3부 쉰 즈음

쉰   83

가을밤   84

여자의 방석   86

여의도 공원에서   87

자장면 두 개   89

평양 소식   90

배신   91

나의 통일론   92

찬바람이 불어서   93

라면을 먹다가   94

화섭 형   95

여름 이야기   96

고양이   98

괴물의 시간   99

아들은 나를 닮지 않았다   102

산초 냄새   103

오늘 같은 날   105

유레카   107

시마(詩魔)   108

내일은 눈이 왔으면 좋겠다   109

쉰 살에 부치는 노래   111

제4부 역사의 바깥

역사의 바깥1 전정숙   115

역사의 바깥2 전협 부부   116

역사의 바깥3 윤치호에게 쫓겨난 소녀   117

역사의 바깥4 김립   118

역사의 바깥5 마자르와 오토바이   120

역사의 바깥6 피리와 낚싯대   121

역사의 바깥7 화탄계 정정화   122

역사의 바깥8 기미년 기녀   124

역사의 바깥9 안동 양반   126

역사의 바깥10 마적 형제   127

역사의 바깥11 김규식과 신채호의 과외 이야기   129

역사의 바깥12 밀양 아리랑   131

역사의 바깥13 사람 이소사   133

역사의 바깥14 빚은 높고 빚은 깊고   135

역사의 바깥15 왕의 도장   136

역사의 바깥16 하느님   138

역사의 바깥17 어떤 청춘   140

역사의 바깥18 생민(生民)   141

역사의 바깥19 조명희   143

역사의 바깥20 천교도   144

역사의 바깥21 블라디보스토크 기차역에서   145

역사의 바깥22 자유시, 스보보드니   147

역사의 바깥23 우수리스크 수이푼 강에서   149

역사의 바깥24 우수리스크 라즈돌노예 역에서　　　　　151

역사의 바깥25 우수리스크 최씨 수난기　　　　　154

역사의 바깥26 발해 성터에서　　　　　157

역사의 바깥27 신한촌 세울스카야 2A에서　　　　　158

역사의 바깥28 늦가을, 경운궁 앞에서　　　　　160

역사의 바깥29 봄, 서대문 감옥에선　　　　　163

역사의 바깥30 여호와 아부지　　　　　165

역사의 바깥31 할머니 셋　　　　　166

역사의 바깥32 과꽃　　　　　167

■ 해설 | 시적 자서전의 깊이와 감동 · 방민호　　　　　171

제1부

90 그리고 서른

1991 친구여 찬비 내리는 초겨울 새벽은 슬프다

친구여
이렇게 새벽까지 비가 내리는 오늘은
내가 눈물을 찾겠네
가을 넘어선 새벽비가 겨울 문턱을 쳐오면
얇은 옷깃
차갑게 젖은 목덜미로
어느 변두리 싸구려 여관을 서성이고 있을
지친 발자국이여
행여나
가끔씩 포르노 비디오를 틀어준다는
새벽 만화방으로 숨어들어가
천 원짜리 라면 한 그릇 둘둘 말아 삼키고
무거운 눈꺼풀 아무데나 내맡기며
작은 참새처럼 몸 떨고 있을
새벽 일기여
비원길 지나 창경궁으로 접어드는 길목
희미한 한 올 불빛만 마주쳐도
흠칫 놀라
자꾸 어두운 담벼락으로 몸을 기댈

야윈 몸뚱이여
불 꺼진 곳으로 쫓겨가며 쫓겨가며
비에 젖은 담배 한 개비에
백 원짜리 커피 한잔 빼 마시다
왈칵 토해버리고 있을
공복의 입술이여
오늘은
내가 눈물을 찾겠네
이렇게 새벽까지 차가운 빗소리 긁히면
그대들이 몸 뒤척이며 울어주었던
지난날 나의 새벽 밤길
이리도 속 쓰린 슬픈 시가 되는데
친구들이여
나의 푸른 시들이여
쉬지 말고 걷게나
눈물 보이지 말고 꼭꼭 숨어들게나
발 밑 새벽 강에 불빛 흔들려도
어깨가 흔들려선 안 되네
비에 젖은 머리칼로 새벽바람 불어오면

나지막이 휘파람을 불어보게
호주머니 깊숙이 두 손을 찔러 넣고
허벅지의 온기를 느껴보게
아침이 밝아올 때까지
비에 젖은 새벽 발자국
햇살이 날아와 다 지워놓을 때까지
오늘처럼 비 내리는 새벽 눈물은
나의 몫
오늘은 내가 밤새워 시를 쓰겠네

1992 입영통지서

입영통지서에 몸과 마음이
마지막 전철 표를 구하려는 사람처럼
바빠졌다
서둘러 결혼식을 올렸고
군 생활에 좋지 않을 수도 있다는
첫 시집 출간도 강행했다
내설악 겨울 백담사
젊은 날 유일한 자산이었던 후배들과
마지막 엠티를 다녀왔고
시대를 함께 울었던
형들과 교수님들께도 인사 올렸다
입대 한 달 전
손 놓지 말고 견뎌내라는 듯
딸아이가 세상 밖으로 튕겨 나왔고
몇 해 전 헤어졌던 애인도 잠깐 만나
그때 참 미안했네, 용서를 구했다
한여름 소낙비처럼
한겨울 싸락눈처럼
이리저리 뛰어다니며

뒤에 남아 뒤척이는 모든 흔적들을
한 권의 앨범에 담듯 정돈했지만
정작 내 앞에 바짝 다가선
안개 낀 내일만은
어찌할 도리가 없었다

1993 면회가 끝나고

면회가 끝나고 아내는 일어섰다
엄마 젖만 빨다 잠든 갓난아기를
포대기에 꽁꽁 싸매
등불로 매달아주었다
아내는 그 작은 등불 하나 켜 들고
젖 부푼 어미 양처럼
제 집으로 되돌아갈 것이다
눈물은 늘 서로의 등 뒤에서만 나왔지만
시절을 탓하지 않기로 했다
겨울이 겨울을 얼려 얼음을 만드는 것처럼
우리는 우리를 얼려 더 단단해지자고 했다
그렇게 면회가 끝나자
아내는 갔고 나는 왔다

1994 전역 후

군복을 벗자마자 사악한 다스베이다가
옷만 바꿔 입었다고 생각한 나는
제다이 기사들을 다시 찾아 나섰다
두고 온 시간들과 사람들이
금방이라도 손 흔들며 나타날 것 같은
분명한 그곳에
그러나 아무도 나타나지 않았다
나의 착각이었다
텅 비어버린 늦가을과 함께
난 적막했다
낯선 행성에 홀로 툭 떨어진 외계인처럼
고장난 타임머신처럼
귀착 시간대를 잘못 입력했던 것이다
더 이상 광선이 뿜어 나오지 않는
연필만을 데구루루 굴리면서
하루에도 몇 번씩 유체이탈을 했다
인지하지 못했던 것이다 나는
내가 옛 시간의 감옥에 갇혀버렸다는 사실을
혼자는 풀 수 없는 어떤 포승줄에

꽁꽁 묶여버렸다는 사실을
사라진 옛 공간을 낙엽처럼 배회하면서
결코 올 수 없는 어떤 허상을
마냥 기다리고 있었다는 사실을

1995 길을 잃고

결국 길을 잃고 결국 나를 잃었다는
어느 한 생각의 끝점에 도달했을 때
끝내 인정하고야 말았을 때
강고했던 나의 정신도
벌집처럼 구멍이 뚫리기 시작했고
그 모든 구멍으로
눈물이란 게 왈칵 쏟아졌던 것이다
몇몇 벗들이 누에처럼
더 이상 글을 짓지 않는 것은
젊은 날의 철학과 사상을 헌 종이상자에 담아
지하 창고 깊숙한 곳에 부려버린 까닭은
절망 속으로 들어간 절망이
끝내 제 길을 잃어버렸기 때문일 것이다
춥고 어둔 자리에서도 늘 빛날 것이라는
어떤 형이상적 믿음들이
높은 곳으로 오르다 뻥 터져버린 풍선처럼
허무하게 죽음을 맞이했을 때
다시 부풀어 오를 수 없는
찢어진 풍선 거죽처럼

나의 길도 더 이상 숨을 헐떡이지 않았다
드디어 걸음마를 떼고 온 방안을
우주 비행사처럼 헤집는 딸아이의 생은
눈물 찡하도록 활기 돋게 생동쳤지만
나랑 아무런 상관없는
이방의 물결처럼만 느껴졌다
길을 잃은 건지
길이 찢어진 것인지
나를 위무해줄 진혼가는 그 어디에도 없어 보였다

1996 중경삼림

소설 쓰는 김별아가 찾아왔다
시 쓰는 태정 언니가 아프다 했다
회사 경리실에 통사정을 하여 가불을 했다
오 년 전 김귀정이 누워 있던
명동 백병원엔 봄꽃들이 한창이었다
회사 생활이 일 년도 안 되었는데
김귀정은 유관순 이름처럼 벌써 아득해졌다
입원병동으로 먼저 입실했던 별아가
뺨따귀 얻어터진 자목련처럼
통통 부어 나왔다
형, 면회도 필요 없고 돈도 필요 없다 하니
그냥 영화나 한 편 보고 들어가라.
마취가 덜 깬 회복실의 환자처럼
현기증 나는 하오, 난 누님은 못 뵈고
중경삼림이란 영화만 보았다
내겐 무척 난해하였는데
별아는 신기하게 인상적이라고 했다
한 몸뚱이에 머리가 셋 달린 메두사처럼
각자가 따로 논다는 생각을 했다

면회를 거절한 누님이나
감동적인 영화였다는 별아나
영화 속 캘리포니아 드림이라는 노래밖에
기억나는 게 없다는 나나
자꾸 각자의 방향으로만 용을 쓰며
어떤 시간들을 지우려는 것 같았다
모든 관계의 그물을 해체시키고
각자 도생에 힘 실어주려는 세기말의 징후인지
산란하는 봄빛의 장난 때문인지
난 어지러웠다
이러다 서로 닮아 있던 몇몇 실 뿌리마저
다 없어져버리는 것은 아닌지
몹시 불안해졌다

1997 잔치를 끝냈다

서른, 잔치는 끝났다
한 시인이 80년대 종언을 선언하던 무렵

무섭다 좀 와줄 수 있겠니, 전화 한 통이
한밤중 조난신고처럼 불쑥 찾아왔다

명륜당 마지막 은행잎이 지던 육 년 전
겨울 속으로 홀연히 사라졌던 한 여자

전철도 버스도 다 끊어진 겨울밤
새벽 택시는 옷 단추를 뜯으며 달렸다

외등 하나 걸린 좁다란 집 골목길에
그 여자는 빈 소주병처럼 서 있었다

연락할 곳이 없었다.
연락할 사람도.

얇은 가을 담요 한 장 달랑 깔아놓은

그 여자의 겨울 방에 들어섰을 때

어이가 없어 헛웃음과 눈물이 동시에 나왔다
그 여자는 시한 종료되었던 위장 취업자

없어진 지 오래인
조직이란 이름의 유령만 저 홀로 붙들고

제 청춘의 푸른 피가 다 빠져나간 줄도 모른 채
새까맣게 야위어갔던 것이다

이제 그만 집으로 돌아가자
할 만큼 했다 당신은.

그제야 서른에 들어선 그 여자가
곰처럼 큰 울음을 터뜨렸다

1997 절필

둘째가 태어났고
때마침 한 출판사로부터
끝내 출간되지 못한
시집 원고도 되돌아왔다
이유가 두 가지나 늘었다
돈을 벌기로.
스물아홉이 되니
왕성한 물욕이 일었다

1998 돌 반지

세상은 IMF 때문에 휘청거렸다
별로 가진 것이 없던 나는
바람에 흔들릴 필요가 없었다
불행이나 행복이나
불공평하기는 매한가지여서
불공평만 공평했다
양볼 살이 쭉 빠져버린 일국의 대통령은
초췌한 할아버지에 가까웠다
금 모으기에 나선 시민들의 모습에
나는 나만을 비껴간 것 같은
불행의 부정의를 부담스러워했다
세상은 어떻게든 부도를 막으려
안간힘을 다 짜내고 있었다
가진 것이 없어
내놓을 만한 것이 없었던 나도
나름 비장한 결심을 해보기로 했다
저녁밥을 짓고 있던 아내에게
둘째 돌 반지 어디다 두었냐고
들들 볶아대기 시작했던 것이다

1999 정동진

찬 겨울바다로 맨주먹을 날렸다
겨울 파도가 휘청하며
흰 코피를 쏟았다
다시 나의 어퍼컷이 들어갔고
겨울 파도는 제 배를 움켜쥔 채
오바이트를 했다
니킥을 날리면
푸른 마우스피스가 튕겼고
뒤돌려 차면 헤드기어가
저 멀리 수평선 끝에 붉게 처박혔다
나는 거친 숨을 몰아쉬며
녹다운 된 일몰의 해에게 안녕을 고했다
잘 가라
얻어터지기만 했던 천 년아
잘 가라
멍 자국만 시퍼렜던 내 청춘아

서른1 독립선언

아버지에게 삼천오백을 빌리고
남동생에게 삼천오백을 빌려
사월 봄날
IMF 한가운데 학원 하나를 차렸다
주변에서는 시나 쓰지 무슨 장사일이냐며
한목소리로 만류했지만
첫째가 유치원 졸업을 앞두고 있었다
난 막막함 속에서 움터오는
봄빛의 푸른 힘줄을 믿어보기로 했다
그렇게 가족들에게 빚을 내서 독립을 선언했고
서울 변방 불암산 밑에
내 서른의 임시정부를 세웠다
갈 곳 없었던 한 시절의 벗들이
같이 좀 살자 비집고 들어왔는데
다시 살 맞대고
또 다른 시간을 재건할 수 있다는 희망으로
난 무척 들떴다
탄가루처럼 희뿌연 백묵 강의를 마치면
모두가 잠든 새벽녘에

술집을 찾곤 했다
언젠간 되돌아갈 고향을 떠올리며
임시 거처일 뿐 안주는 하지 말자
뜨겁게 소주 막잔을 비우고는
육탄혈전하듯 정글 속으로 뛰어들었다

서른2 상해탄

밤이 되면 유흥주점 네온처럼 불이 돋는
불야성 학원가는 1920년대 상해탄
그 시대를 살아보진 않았지만
IMF라는 난파선을 피해
압록강 건너듯 황해 건너듯
젊은 망명객들이 너도나도 쏟아져 들어왔다
구 정부가 몰락했는데도
여전히 청년들이 낄 곳은 없었다
기업들의 연쇄부도는
새천년 앞마당에 사오정 오륙도라는
대홍수를 터뜨리고 모두 도망쳤다
새 정부가 들어섰지만
그들의 방주에도 우리 자리는 없었다
아마겟돈의 혼란 속에 빠진 세상은
어린 제 자식들만이라도 살려야 한다는 듯
집 팔고 전세 빼고 보험을 깨서
학원 수강증을 끊었다
6.25 전쟁 통에도 부산 피난 촌은 흥성였고
대륙의 절반을 헌납한 상해시대에도

화려한 난장이 섰던 것처럼
내 서른 앞 풍경도 그랬다
폐허 속에서도 삶의 욕망은 눈을 뜨고
탐욕은 공포와 불안을 먹고 자라는 것처럼
내가 발 딛고 선 곳도 그랬다
불암산 밑 중계동 은행사거리는
미래와 일자리와 돈을 좇는 벌건 눈구멍들이
끈적끈적한 네온 등불을 켜는 걸
기꺼이 용인했다

서른3 평양을 가다

김포공항을 이륙한 고려항공은
사십여 분 만에
사방이 논두렁인 평양 국제공항에 기착했다
활주로에서 속도를 줄이는 사이
비행기 창문 밖으로 인민복을 입은 농부가
소를 몰고 가는 장면이 보였는데
전원풍경화 액자로 착각해 눈을 비볐다
북측에서 제공한 버스를 타고
숙소인 양각도 호텔로 향하는데
산촌엔 나무와 숲이 없었다
여름이 시작된 평양 역전엔
희뿌연 메리아스를 입은 평양 시민들이
한낮의 더위에 널브러져 있었다
시인 신동호와 한 방에 묵었는데
한나절 내 눈에 각인된 무채색이 맘에 걸려
첫날밤을 설치고 말았지만
평양행이 익숙했던 그는
불곰처럼 엎어져 코만 잘 골았다
다음날 묘향산에 가서 하룻밤을 자고

다시 양각도 호텔로 되돌아와
뷔페식 저녁식사를 하게 되었는데
옆자리에 앉은 신동호에게
내내 궁금했던 하나를 물었다
형님, 근데 어째 이틀 동안 개 한 마리 못 본 거지.
그는 소고기 불고기를 뒤적거리면서
개와 돼지가 소보다 더 귀해, 여긴.
그것들은 사람이 남긴 잔반을 먹고 크잖니.
난 숟가락을 놓았고
어둑해진 호텔 밖 강변에 나가
복잡한 심정으로 줄담배를 피웠다

서른4 화려한 불안

열심히 일했다
화려한 차를 몰았고
화려한 호텔에서 밥을 먹었으며
화려한 침대에서 자기도 했다
이제는 시인이라 기억해주는
사람들도 거의 없었다
다들 학원 이사장이라 불렀다
몇몇 신문사에서는
사교육 시장을 접수한 386 운동권이란
기사를 내보내기 시작했는데
내 이름도 포함되었다
무언가
큰 결단을 내려야 할 시간이
다가오고 있었다
시대의 중심에서 비껴선
변방의 일상은 화려했지만
화려함이 어떤 불안 속에서 뒤척였다
몇몇 학원 원장들도
나랑 비슷한 생각이었다

서른5 어떤 강의료

제 모교보다 입시학원을 먼저 졸업하게 된
예비 대학생들에게 특별한 강의를 마련했다
윤정모 선생님과 한비야 선생님
그리고 박원순 변호사를 모셔서
스무 살의 시작, 그 두근거림에 대해
당신들의 이야기를 들려주고 싶었다
학부모들도 많이 찾아주신 가운데
선생님들께서는 열정이 넘치셨고
예정된 시간이 훌쩍 넘어 강의는 끝이 났다
누추한 곳까지 오신 선생님들께
많은 강의료를 드릴 수 없어 미안해 하고 있는데
박변호사님께서는 허허 웃으시며
절대 돈을 받을 수 없다고 했다
돈 많이 벌어서 더 좋은 데 쓰라며
손 휘휘 저어 완강히 거절하셨다
얼마 지나 전화가 한 통 걸려왔다
아름다운 재단 사무실을 하나 차렸는데
이것저것 부족한 게 많아
애를 좀 먹는다고 했다

난 그 애를 같이 먹었으면 좋겠다 말했고
뒤늦은 강의료를 변호사의 개인 계좌가 아닌
재단 계좌로 입금했다

서른6 코피

강북에 사는 85학번 형 둘과
강남에 사는 85학번 한 형을 만나러
강남 술집에 갔다
강남에서 잘나가는 형은 좀 늦었다
시간 많고 술 좋아라 하는 강북 형들은
벌써 술독에 빠졌다
한 시간이나 지나
강남 85형 둘이 들어왔는데
우리도 잘 아는 또 다른 강남 형이
잘 나간다는 그 강남 형의 비서였는지
회장님 오셨습니다, 했다
그 회장님 소릴 농담으로 받아들이지 못한
내 소갈머리가 어디선가 꼬였다
착석을 하고 술잔이 돌았는데
가난한 강북 형들의 기를 죽이는 듯한
그 거드름이 계속 내 눈동자에 잡혔고
끝내 불꽃 하나가 올라오고야 말았다
시팔, 같은 85 친구들 사이에 회장이 뭐야.
그러자 주먹이 퍽 날아왔고 코피가 팍 터졌다

난 코피를 닦으며 또 쳐봐, 했다
세 번을 연달아 맞아주고 떡 실신되었는데
형들이 들춰 업고 강북으로 되돌아왔다
다음 날 오후 술이 깨자
강남 85형에게 전화부터 걸었는데
지금 지리산에 있다고 했다
지리산에서 내려오면
사과부터 하시라 말하고 전화를 끊었다

서른7 악마가 자취를 감춘 사연

세상은 줄담배와 조강지처를 무척 좋아했던
착한 대통령을 흔들어댔다
가방끈이 짧다고
말투가 경망스러워 격 떨어진다고
제 정당의 속곳을 눈감아주지 않는 대통령은
대통령으로 인정할 수 없다고
여당인 민주당이 앞장서서
제 대통령을 탄핵 심판대로 끌어내렸다
또 다른 신생 민주당계가
울고불고 엎드려 겨우 민심을 되돌린 후
역풍을 일으켰고
그 파란의 열매를 몽땅 거머쥐었다
그러나 그들은 정작 아무 일도 하지 않았다
그 중요한 국운과 민운의 시간을
각자의 사욕과 셈법으로
몽땅 날려먹어 버린 것이다
세상 사람들은
전쟁 마마 호환 기근 전염병보다
더 무서운 건 믿음의 상실이라며

하나둘씩 등을 돌리기 시작했다
대한민국에 자주 출몰하던
해묵은 도깨비들과 신생 악마들도
구 민주당계 신 민주당계처럼
귀신 생활 오천 년 만에
이렇게 무서운 놈들은 처음이라며
어느 날 모두 자취를 감추고 말았다

서른8 생애 첫 기권

2007년 겨울 대통령 선거일
누구에게는 생애 첫 투표였지만
나에겐 생애 첫 기권이었다
MB의 위풍당당한 등장을
무덤덤하게 지켜보면서
난 전화번호를 바꾸기로 마음먹었다
흰 눈 쌓인 겨울 산이나 오르면서
한 진영에게 무한정 일관했던
고집스런 감정 이입과 관용 그리고 인내
어쩌면 또 다른 방식으로
세상과 사람을
무한정 갉아먹었을지도 모를 벌레 같은
나의 착오와 아집을
다시 한 번 들여다보자 생각했다
곧 마흔이 되기 전에

서른9 예쁜 바람

학교를 막 다니기 시작한 아들은
매일마다 무엇이 그리 좋은지
밤새워 시험 문제지만 잔뜩 풀어놓고
정작 정답은 한 개도 맞춰보지 않은 채
학교 시험 보러 간다고
쌩- 바람처럼 날아갔다

서른10 불혹 앞에서

둘째 수술비를 댈 수 있었고
첫째 유학비를 댈 수 있었고
시대의 중심이 되고자 했었던 벗들의
노잣돈을 찔러줄 수 있었던
내 서른의 임시정부는
딱 십 년 만에 스스로 깃발을 내렸다
그러나 귀향의 행운은 주어지지 않았다
환국을 두려워했던
임시정부의 몇몇 요인들처럼
나도 문 앞에서 서성였다
시대의 중심으로 한 발자국 더 전진하기 위해
등이 다 까지도록 짐만 날랐던 벗들은
변방으로 떠밀린 이유를 서로 모른 채
다시 뿔뿔이 흩어졌고
착한 순정함과 격정을 스스로 제어하지 못했던
나의 대통령은 끝내
부엉이바위에서 뛰어내렸던 것이다
깃발을 접었는데도
불혹의 문 앞에서

첫걸음도 못 뗀 불혹이 통째로 흔들려오자
난 귀향하지 않고
곧장 불암산으로 갔다

제2부

마흔, 무늬 몇 개

무늬1 꽃도 사람처럼

꽃도
사람처럼
선 채로 살아간다는 걸
먼저 서고 나서야
핀다는 걸
까마득한 옛날부터
그래왔다는 걸
이제야
안다
그까짓 화관(花冠)이 내체 무어라고
어느 봄 한 날
눈물겨워라
시간을 모아
제 허리를 만들고
시간을 세워
우주 한 장 밀어 올리는
저
공력이

무늬2 불암 산정엔

불암 산정엔
시간을
가두어버린
천년 거석들이
한 종족을 이루고 산다네
시간 속의
시간들도
제 흘렀던 길이만큼
각자 무게를 지녔던 것일까
가벼운 것들은
천상으로 흩어지고
무거운 것들만
지상으로 떨어져
이렇게 돌집이 되었는가
불암 산정엔
시간의 집들이 참 가득도 하여라

무늬3 김남주 묘소 앞에서

젊은 날, 민족문학의 대들보가 되라
과분한 말씀을 주셨지만
가솔 딸린 가장으로 살았다
맹렬하게 살았으나
약속을 지킨 것은 아니었다
정신을 벼르기는 하였으나
세상을 굴린 건 아니었다
십수 년도 지난 어느 날
잔설 내리는 겨울 속으로
생국화 끌어안고 지은 죄 많은 학동처럼
선생님 묘소 앞에 섰다
먹을 것 하나 없는 빈 하늘이라도
까치 먹을 홍시 하나는 달아놓으라던
선생님 바람과 달리
나는 통속적이었다
내 벗들도 세속과 탐욕에 필사적이었다
선생들의 노역이 담긴 홍시까지
우린 참 우악스럽게 먹어치웠지만
통속과 탐욕 사이에서

자신과 세대를 넘어서는 삶과 철학
문장의 씨앗 하나 만들지 못했다
실패를 고해성사하듯
무릎 꿇고 소주 뿌려
담배 하나 불 붙여 올리지만
아, 잔설에 젖은 마음 한 장
엎드려 절한 채
왜 이리 꿈쩍하지 않는가

무늬4 냄새

강남역 사거리에서
무등산 흑염소탕 집을 하는 내 소꿉친구는
무등산 냄새는 안 나고 흑염소 냄새만 난다
친구는 어느 날부턴가
일주일에 한 날을 잡고 꼭 나를 찾아온다
해질녘이면 저 혼자서도 집 잘만 찾아오던
어릴 적 검은 염소 방울소리처럼
그렇게 나를 찾아온다
내 몸에서 병인의 냄새가 느껴졌고
그 무엇이 친구의 콧구멍을 무섭게 만들었는지
시팔 놈, 참 지겹게 킁킁거린다
그날로 난 친구 손에 염소 목줄처럼 이끌려
지리산도 가고 밀양강도 가고
북한강 따라 아침고요 황토방도 간다
방울소리 딸랑 딸랑 흑염소가 되어
죽어라 풀만 뜯는다

무늬5 나도 좀 울고 싶다

일가친척 어른들 달력을 떼어내듯
앞다투어 한 세상 떠나가는데
웬일이냐 친족의 우물을 나눠먹었을
이놈의 물기가 속내를 드러내지 않는다
세월호 참사 때도 그랬다
팽목항을 네 번이나 다녀왔지만
난 눈물이 끝내 나오지 않았다
이러다 연로하신 부모가 세상을 뜨는 날에도
이놈의 눈물샘이 끝내 터지지 않을까
참 걱정스럽다
나는 슬픔이 말라버린 것일까
누군가에게 슬픔을 적출당한 것일까
저 홀로 뺨을 타고 내리던
물기들은 서너 번 있었던 것 같다
그러나 이건 감루가 아닌 노안의 흔적,
이렇게 중얼거린 말들이 씨가 되었는가
나도 좀 울고 싶다
지금 당장 여기서 꺼이꺼이
시간과 세월이 한참이나 흐른 뒤

느닷없이 뒤늦게 찾아오는 그런 눈물 말고
자다가 깬 새벽 어느 한 밤
까닭도 없이 저 홀로 새는
그런 눈물 말고

무늬6 벚꽃 지고

올해도 벚꽃은
천신이 되질 못하였나보다
무게도 없는 것들이
천상의 무게를 안고 져 있다
천신이 되지 못한 게
꽃잎뿐이랴
우리도 때때로 천상을 오르는
너울너울 나비 떼의 꿈을 꾸거니
우리의 꿈도
꽃잎처럼 무게가 없어
어느 한 날
지상의 무게를 안고
저렇게 지는 것이냐

무늬7 여자의 생리가 끝났을 때

애를 둘이나 낳아준 여자가
마지막 생리를 끝냈다고 고백했을 때
따뜻한 말 한마디 못 해줬다
둥근 달이 제 몸빛을
마지막 한 방울까지 쥐어짜 내보내고
스스로 자신을 잠가버리는
컴컴한 적막 같은 것을 떠올리다
말을 잃고 놓쳤던 것이다
달이 뜨고 졌던 나날
이리 미안한 날이 또 있을까
달이 뜨고 질 나날
이리 죄스런 날은 또 올까

무늬8 심리상담

올 가을에도
심리 상담사 한 분 찾아가 따지고 싶다

선생님,
제가 올해로 마흔을 넘겼는데
왜 아직도 제 시계가
1992년 8월 31일에 딱 멈춰 서버린 거죠
왜 아직도 나이를 먹지 못하는 거죠

무늬9 늦봄에

자다가 벌떡 일어났다

꽃 지는
소리

크게 들렸다

가지에 다시
달라붙으려는
꽃잎처럼

잠을 뒤척였다

무늬10 돌아오지 못한 시

내가 아는 한 동생은
스무 살부터 죽어라 시를 썼고
스물일곱 되던 해 중앙일간지 신춘문예로
봄날 화관처럼 얼굴 내밀었지만
무슨 까닭인지
그 뒤로 시는 안 쓰고 돈만 빌려달랬다
무작정 일본으로 중국으로 떠돌더니
십 년 만에 독립군 잔당처럼 불쑥 나타나
돈도 안 갚고 당연조로 말했다
형님 나 배고프우 취직 좀 시켜주오.
시는 죽어도 안 쓰고
입시생들 논술 답안지 첨삭만 죽어라 하며 살더니
마흔 살 되던 해 늦가을
불쑥 사표를 내던졌다
형님 나 결혼도 하고 애도 생겼으니 이제 가우.
그 사이 난 사업도 접고 병도 찾아와
동네 앞산 뒷산만을 소요했는데
봄 산행에서 만난 어느 꽃바람을 잘못 쏘였는지
번역사로 살고 있다는 그에게

문득 안부 전화를 하게 되었다
형님 나 문학병 도지면 우리 식구 다 굶어 죽으니
다신 서로 연락하지 맙시다.
한 이십여 년 시 안 쓰다가
이제 시나 쓰며 살아보자 꼬드긴
나도 참 가벼운 개새끼였다

무늬11 동강별곡

산 보리수 익어가는
영월 동강에 가면
나도 인간을 내려놓고
돌 풀꽃
강물에 어리는
산 그림자가 되는구나
나무숲에 사는 산새인지
산 그림자에 사는 물새인지
알 리 없지만
예까지 가져온 그 무엇
예조차 놓지 못하는 그 무엇
강물 채듯 다 물고 나는
저 흰 새도 되는구나
나만 몰랐네
때때로 인간 내려놓는 법을

무늬12 대설

2012년에 어떤 바람이 불었고
난 한 반년 넘게 그 바람 쏘이다가
성탄절 즈음에 집에 돌아왔다
열 사나흘은 평상시와 다름없었는데
보름 지나면서부터 나사 빠진 사람이 되었다
네가 아직도 무슨 대학생인 줄 아냐.
애들 엄마가 죽었는지 살았는지
방문을 열어보고 닫았다
닷새 엿새 이레 약발 센 수면제를 먹어도
잠이 오지 않던 밤
한동네 사는 국회도서관 황관장이
기필코 나를 아파트 밖으로 끄집어내었는데
박근혜의 나라에 대설이 쏟아지고 있었다
발목까지 푹푹 빠지는 눈밭 설원을
아무런 말없이 걷기만 했다
노원역 어디쯤에선가
이놈아, 그래도 다시 힘을 내야지.
황관장이 한마디 푹 찔렀는데
그 무슨 의미심장한 대단한 말도 아니었는데

뒤늦게 도착한 눈물 같은 것이
네, 하며 눈밭에 핑 떨어졌었다

무늬13 한 형의 안부를 묻는다

담장 장미꽃냄새 코를 찌르던
개봉동 어느 오르막길 끝집에
안경 쓴 한 형이 살았다
본업은 시인이었고 부업이 안경점 사장이었는데
최루탄이 폭설처럼 쏟아진 어느 늦가을
여기서 시 열심히 써보지 않을래.
개봉동 쪽방 한 칸과
낡은 286 컴퓨터 한 대를 선뜻 내주었다
여인의 마음을 사로잡는
섬세한 서정시는 가르쳐주지 않았다
목울대만 뻣뻣했던 시문 한 줄 한 줄마다
빨간 펜이 좍좍 그어지곤 했다
쪽방을 제대로 청소 못 하고 나간 날이면
손 글씨로 쓴 레드카드가 붙어 있었다
일상도 혁명가처럼 정결히.
무안도 하고 두렵기도 하였지만
왠지 그 형만 쭉 따라가다 보면
그 길 끝에 흰 빛 도는 세상이 서 있을 것 같았다
최루탄 털고 들어오는 늦은 밤이면

형이 끓여놓은 식은 김치찌개를 먹으며
새벽 시를 쓰곤 했었는데
혁명은 쉽사리 오지 않았고
난 군복으로 옷만 바꿔 입었다
그 뒤로 개봉동에 들르지 못했는데
아직도 그 오르막길에는
담장 장미꽃냄새 월담하고 있으려나
많이 늙었을 터인데 이 밤도
돼지고기 김치찌개를 끓이고 있지는 않으려나

무늬14 디오게네스처럼

분노를 조직하라는 시대감정에
충실하지 못했다

슬픔을 연대하라는 대중감정에
종종 침묵하고야 말았다

이십대의 가난한 미혼 예술가가
쌀이 떨어져 굶어 죽었다는 이야기

가만히 앉아 있으라는 한 마디에
집단 수장된 세월호 아이들의 이야기

어느 자동차 회사 해고 노동자들이
줄줄이 자살했다는 이야기

눈 뜨고 감을 때마다
끝도 없이 밀려오는 죽음의 이야기

그러나 정신과 몸은

쉽게 반응하지 못한다

그런 나를 무감하다고
야단치지 마시라 너의 유감에만 충실하시라

동원되지 않은 내 감정 그 자체와
난 지금 외로운 사투를 하고 있나니

부디 내 눈앞에서 비켜주시게
햇볕 가리네

무늬15 물푸레나무

— 고 김태정을 생각하며

가을 아침 찬비가 내린다
이름 모를 나무들의 나뭇가지에
젖은 잎사귀처럼 달려 있던 도시의 아침 새들
울음 하나 허연 실로 뽑아 물고
나뭇가지를 뜬다
새들이 남겨놓은 발자국이
푸르게 젖어 있다
이 푸르스름한 흔들림을 미칠 듯 사랑했던
한 여류 문인에게
문득 아침 안부 전화를 하게 된다면
해질녘 저녁밥도 굶고
인적 끊어진 강가나 외딴 산사에 홀로 나가
젖은 어스름만 잔뜩 머금어온
물푸레나무 같은 푸른 목소리를
오늘은 내게 들려줄까
스물넷이든가 다섯이든가
이백 자 원고지 한 묶음 가슴에 품고
허벅지 두드리며 함께 오르곤 했던
북아현동 꼭대기 풀빛 출판사

동생아,
풀빛이란 이름이 참 슬프면서 예쁘지 않니.
목까지 잠근 흰 남방셔츠 단추를
새알처럼 만지작거리며
무엇이 그리 좋아 희죽 소녀처럼 웃던
물푸레 누님이
제 몸에서 자란 푸른 물실 한 올 뽑아 물고
어디로 푸드덕 날아갔는지
스무 해가 다 넘도록
왜 내 전화를 안 받는지

무늬16 묵자처럼

옛 중원 땅 전국시대에
상대방을 먼저 공격하지 않는다는
병법이 하나 있었는데 이름하여 비공(非攻)
사람 살리는 활인병법이라 한다

맹자께오서
지 애비 애미 몰라보는 후레자식 같은 놈들이라고
얼굴 맞대지도 않았던 작자들이라 하던데

집단학살이 난무하는 모든 전쟁터에서
약자편의 성만을 골라 들어가
남의 애비 자식까지 사랑할 줄 알아야 한다며
겸애의 깃발로 일자진을 쳤다 하니

하, 어이가 없다

불화살 쏘는 일보다
성벽을 더 두껍게 만드는 일에
일 년 십 년 백 년

오늘 성 하나 지켜내면
또 다른 전쟁 열 개는 거뜬히 줄여낼 수 있다,
그렇게 패권제후들의 욕망을 잘게 쪼개버렸으니

하, 뭇사람들이
공맹가보다 더 좋아했다고 한다

둥둥둥 마침내 적군이
퇴각의 북소리를 울려 물러가면
어느 한쪽도 이기지 못했으니
서로 이긴 전쟁이로다
이리 희한한 주석을 달아주곤
바랑 하나 멘 채 미련 없이 길을 떠났다 하니

하, 그저 기가 막히다

오로지 그 일만에 일생의 운명을 걸고
짚신 몇 켤레 뒷짐에 단 채
또 다른 약자들의 성만을 찾아

저 드넓은 중원대륙을 목수처럼 떠돈
묵적
묵가 사람들

하,

무늬17 재회

비원 길 돌아 창경궁까지
가을바람처럼 뛰어가서
아주 오래전에 헤어진 그녀를
아주 오랜만에 만났는데
아직도 아름다워서
캬, 단풍처럼 웃고야 말았다

무늬18 까치 소리에

까치가 책책책 짖는다
가을 하늘이 놀라
저만큼 높이 높이 도망가서
파랗게 질린 얼굴로
내려올 생각을 하질 않는다

무늬19 장관

육십은 족히 넘어 보이는 한 남성분이
깔딱 숨을 몰아쉬는 내 옆을 휙 지나
산정 아래 경사진 암반 코스를
맨손 맨발로 짚어가며
허이얏 허이얏 오른다
노인답지 않은 튼실한 엉덩이와
울퉁불퉁 종아리에
말문이 막혀 혀를 차고 만다
더 기막히는 건
불과 몇 십 초 간격을 두고
비슷한 연배의 백발성성한 여성 노인이
선배님, 진도가 너무 빨라요. 하면서
내 옆을 지나 맨손 맨발로
뒤따라 오르는 광경인데
불암산의 장관은 정작 산에 있지 않고
앞서서 울리는 허이얏 기합 소리와
뒤따라 울리는 허이얏 기합 소리가
나란히 청바지를 걸쳐 입고서
온 산골짜기를 흔들어대는
용맹정진에 있었다

무늬20 윤정모 선생님과 솔지

서른을 막 넘어가던 해에
IMF의 잔파도를 맞고 영국에서 돌아오신 선생님은
대학을 갓 졸업했다는 딸 솔지를 내게 잠깐 맡겼다
일이 년 강사 일을 하다 생활비를 벌어
다시 영국으로 돌아갈 계획이었지만
그 잠깐이 십 년이 되고 말았다
십 년 동안 어린 솔지는 소녀 가장이 되어
제 이십대를 다 까먹고 말았다
문학의 종말론이 유포되던 시대에
고군분투하시는 선생님의 곁을 떠날 수 없었다
급기야 뇌수술을 받은 아버지까지
학원 근처 제 집에서 홀로 떠안아야 했다
내가 학원 사업을 접자 뿔뿔이 흩어졌는데
여섯 해 만인가 강남의 한 커피숍에서
그새 부쩍 늙으신 선생님과
서른을 훌쩍 넘겨버린 솔지를 만났다
다들 눈물이 말보다 먼저 앞서고 말았는데
더 속상했던 건 언제나 그러셨듯
아이구 이놈아 우린 개안타 니나 잘 챙기라.

당신보다 내 걱정을 먼저 해주시는
어머님 같은 눈빛 때문이었다
서른을 넘기더니 더 굵어진
솔지의 눈물 때문이었다

무늬21 촛불, 광화문

시냇물들이 모여 바다에 도달하는 게 아니다
한 올의 불씨들이 모여 광야를 불사르는 게 아니다
19세기 20세기 숱한 개인들을
집합과 집단으로 결박하고 동원한
모든 혁명론과 국가론을 일거에 전복하는
저 수천만 개 개인 혁명의 촛불들을 보라
모든 집집마다 문패처럼 걸린
저 촛불사의 행간들을 보라
초등학생 중학생 고등학생 대학생
회사원 실직자 자영업자 파산자
노동자 농민 도시 부랑자 이주노동자
아빠 엄마 딸 아들 할머니 할아버지
유모차에 실려 나온 젖먹이 이름이며
퀴어와 길고양이 식용개의 모든 이름까지
개인으로 쏟아져 나와 각자의 불을 켠 저 초는
어제의 그 불이 아니다
나의 이름을 밝히고 나의 현재를 밝히고
나의 분노를 밝히고 나의 발언을 밝히고
나의 참여를 밝히고 나의 지향을 밝히고

나의 독립을 낱낱이 밝히는
개인 혁명 나의 헌장 선언
이젠 큰 바다의 이름으로 시냇물을 가두지 말라 한다
거대한 광야의 이름으로 한 올의 불씨도 덮지 말라 한다
정의랄지 민주주의랄지 혁명이랄지
조직과 대동단결 없이는 도달할 수 없다는
동서양의 저 높고 고매한 집단 집합사상
오천여 년간 만여 년간
개인을 잡아먹기만 한 대공룡시대의 모든 것들을
일거에 해체하는
저 개개인의 광화문 사람독립선언을
세계사는 즉시 인용하라고 한다

제3부

쉰 즈음

쉰

홀로 눈을 뜨고
홀로 밥을 먹고 산 지
몇 해 되었다

아빠라는 계급장을 떼고
남편이라는 굴레를 벗으니

이따금
외딴 산사 앞마당이나
한 번도 가본 적 없는 성당 앞

마지막 남은
단풍잎 한 장처럼

적막에 매달려 있는

나

가을밤

초저녁 깊은 잠에 들었다가
까닭 없이 눈이 떠졌다
깜깜한 허공 속 손을 저어
머리맡 스마트폰을 쥐어보니
그 사이 방전이 되어 있다
누운 채 링거 줄 같은 폰 잭을 연결하니
이윽고 3시 10분이라는 디지털 숫자가 뜬다
깬 잠은 이미 품안을 떠난 자식들처럼
멀리 달아나 있다
아이코스 전자 담배를 물고
노안이 와버린 두 눈을 비비며
화면 속 네이버 뉴스 칸을 검색한다
헤드라인엔 어제 방북했다는 우리 측 특사단과
북측 김정은 위원장 사이
예정 없던 만찬이 잡혔다는 소식이
새벽녘 호외로 올라와 있다
까닭 없이 잠은 더욱 멀리 달아난다
한반도의 운명이 걱정되어서
잠을 뒤척인 건 아니었다

나는 몸을 일으켜 세워 새벽 창문을 연다
가을 귀뚜라미는
두 가닥의 더듬이를 높게 세우고
어느 이슬밭쯤 건너오고 있나

여자의 방석

한 달에 서너 차례 참석하는 한 모임엔
여성분들이 남성분들보다 다소 많다

이 모임의 장을
한 남성 석학께서 맡으셨는데

미투 때문에 말 한마디가 조심스러워
회의 자리가 늘 바늘방석 같다고 하였다

한 여성 위원이 정색을 했다
선생님, 우리는 5천 년 동안 바늘방석이었습니다.

여의도 공원에서

토요일 초저녁에 S형님과
kbs 옆 식당에서 김치찜을 시켜놓고
서로 애들과 마누라 이야기를 했다
태풍이 비껴간 여의도 공원 갓길을 걷다가
생뚱맞게 이 나라 교육 문제를 이야기했다
빗물에 젖은 공원 안을 걷다가는
자영업자 문제와 남북문제를 이야기했다
여의도 공원을 빠져나오면서는
광장에 놓인 c-47 비행기 옆에
웬 대형 트럭 한 대 주차되어 있던데
임정요인들이 타고 온 문화재 같으니
신경 좀 써주십사, 수위에게 부탁을 하였다
kbs 앞에서 밤 택시를 기다리다가
나였는지 S였는지 누군가의 입에서 불쑥
죽어버린 김귀정 이름이 튀어나왔다
S는 그날 김귀정의 옷가지를 든 채
백병원 부검 현장에 있었다며 담배를 꺼냈다
난 라이터 불을 켜주며
사고 전날 그녀와 유인물을 만들었다고 했다

공교롭게 그날 이후 둘 다
그녀의 추모식엔 한 번도 참석하지 않았다
오랜만에 만나 주절거린 산책길 이야기가
소소한 일상의 조각들인지
아직도 붙잡혀 있는 어떤 시대감정의 연장인지
모호한 그 경계 사이를
태풍이 남기고 간 저녁 바람만 넘나들었다
네 번째 택시를 잡아탄 S에게서
이런 카톡 메시지가 왔다
아우, 인생은 짧고 산책은 길었네

자장면 두 개

몇 달 전까지 자장면을 하나만 시켜 먹었다
스마트폰에 입력된 중국집 전화번호를 누르면
아 예 손님 자장면 하나 맞으시죠
늘 친근한 여주인의 목소리가 들려왔다
요즈음은 자장면을 꼭 두 개씩 시켜야 한다
자장면을 좋아하는 사람들은 금방 안다
바뀐 배달 규정이 상술은 아니라는 것쯤은
지구 끝이라도 찾아왔던 자장면이여, 힘내시게

평양 소식

엊그제 평양 갔던 동생 H가
담배 세 갑과 책 한 권을 선물로 내놓았다
오래전 개성공단에서 퇴출되었던 변호사 K
오래전 통일부를 박차고 나왔던 행정관료 L
이렇게 넷이 청계천 유림낙지 집에서 만나
왁자지껄 수다를 떨었는데 무엇보다
십 년 만에 평양 다녀온 동생의 목소리가
소맥 폭탄주마냥 가장 활달했다
거리와 사람은 컬러로 꽉 찼고요
평양 사람들 인상이 밝아 보여서
그게 마음이 놓이고 좀 울컥합니다
백상지에 전자 활자로 인쇄된
양세봉 전기 소설 책갈피를 주르륵 넘겨보다가
피양 담배나 한 대 갈기자우.
내 제안에 벗들은 우르르 밖으로 나갔는데
북한산 광명 13미리 담배 연기를 풀풀 뿜다가
청계천 가로수 푸른 잎사귀들을 쳐다보았는데
거기, 방금 북에서 내려온 듯한
성급한 단풍잎 한두 장이
서툰 간첩인 양 숨어서 안절부절 못하고 있었다

배신

몇몇 분들께 카톡 통지했다
옛날에, 십여 년 전에, 이십여 년 전에
선의로 투자했던 약속들
이젠 좀 정산해야겠다고
수익금이나 이자 받을 생각은 없고
원금이라도 속히 반환해주십사 라고
그런데 대부분 무응답이다
다행스럽게 메시지 하나가 딩동 울렸지만
투자금 반환하겠다는 말은 일절 없고
최근 제 사업 현황에 대한
장황한 안내문뿐이다
나는 사람관계 폭이 한쪽으로만 편중되는
매우 단순한 생을 살았는데
그러다 보니 이들은
대부분 운동권이란 이름으로
내 선의를 더러 활용한 사람들이다
속상해서 담배 하나 문다

나의 통일론

남북통일을 원하신다면
내년 삼월이라든가 팔월이라든가
어른것들 다 빼고
한반도 종단 열차에
남과 북 어린아이들만 하나 가득 태워
한 사나흘만
남북으로 동서로
맘껏 뛰어놀게 해보라
아무것도 모르고
아무것을 알기 전에
와글와글 바글바글
서로 섞어보라
날 저물어 집으로 돌아오는 골목 앞
갑자기 두고 온 친구들이 보고 싶다고
생떼를 쓰며
바닥을 데굴데굴 구를 때
통일은 저절로 온다
평화도 저절로 온다
어른것들 없이도
아무것들 몰라도

찬바람이 불어서

찬바람이 부니 생각나네.
한 도시 여자로부터
오랜만에 카톡 메시지를 받았다

전화번호도 지우고 살았는데
내 안 어디엔가 저장되어 있던 밀어가
찬바람에 놀라 깬다

우리 시골이나 가서
너는 글 쓰고
나는 농사를 짓거나 물고기 배나 따면서
그렇게 둘이 살면 되지

찬바람이 분다

물고기 배를 따주겠다던
이 도시 여자에게
그때 난 어떤 밀어를 속삭였던 것인가

라면을 먹다가

가을에 문 대통령과 김 위원장이
백두산 천지에 올랐다
그 모양 눈 멀게 바라만 보다
또 라면이 불어터졌다
설거지통에 못 먹게 된 냄비를 밀어넣고
책상 앞으로 되돌아와
담배 한 대 무는 가을 오후
그새 어디서들 날아온 긴급 타전으로
내 스마트폰은 퉁퉁 부어 있다
올 봄에도 한 번
올 가을에 또 한 번
문 대통령과 김 위원장은
꼭 신라면이 끓고 있을 때만
손잡고 나타났다
내 죽기 전 바람 하나 있다면
통일지상주의자 하느라 흰머리 성성한
친구들 몇몇과
백두산 천지 물로 매운 신라면 한번
원 없이 끓여 먹는 일이다

화섭 형

화섭 형은 올해 쉰세 살의
아름다운 총각입니다
데모꾼도 하였다가 스님도 되었다가
어느 정치인의 집사도 되었다가
그냥 맨날 무언가만 되었다가
혼기를 놓쳤습니다
대한민국과 부처님과 어느 정치인과 그 무언가는
하루빨리 화섭 형 앞에 무릎 꿇고
깊이 사죄하시길 바랍니다
시간이 없습니다
우리 화섭 형이 곧
인간이 된단 말입니다

여름 이야기

당구만 쳤다 세상 바꾸는 데 일조했는데
여태 삶이 바뀌지 않았다는
몇몇 친구들로부터 팔자에 없던 당구를 배웠다
큐대에 파란 초크를 문지르는 사이
당구장 밖 세상은 눈이 녹았고
꽃이 피고 졌으며 장마에 잠겼다
자장면을 먹다가 견우직녀처럼 좋아라 하는
문재인 김정은 포옹을 보았고
뽀록으로 난 점수를 서로 비아냥대다가
안희정 김지은 사태를 보았다
홀딱 뒤집어쓴 당구 게임 값을 계산하면서
광화문으로 쏟아져 나온
자영업자 중소상공인 노동자 미투 여성들을 보았다
당구장 밖 커피숍 테라스에서
드루킹과 김경수 김부선과 이재명
고은과 최영미 노회찬… 그리고
새로운 적폐 전쟁을 선언한 공지영
화제는 당구 게임처럼 끝이 없었고
기껏해야 몇 놈들만 좋아진 권력의 변화를

세상의 개벽인 것처럼 포장하면서
거기에 빨대 하나 꽂으려 했던
우리들의 여름에서도
자꾸 쓰레기 냄새가 진동했다

고양이

다섯 살 러시안 블루
회청색 고양이를 멀리 떠나보내고 나서
며칠 앓았다
묘생은 인생보다 빠르다 했는데
처음 집안에 들일 때부터
이별의 순간을 미리 두려워했는지 모른다
욕실에 떨어져 있던 고양이털들을 줍다가
따지 못했던 캔을 만지작거리다가
쥐돌이 낚싯대를 휘휘 저어보다가
내 가랑이 빈 곳을 쓸어보다가
아무것도 할 수 없었던 몇 날
주인도 이승을 떠나면 먼저 가 있던 고양이가
쪼르르 마중을 나온다는
인터넷 어떤 글에 꽂혀
쉰 살 안에도
여태 어린아이가 살고 있었던 모양인지
거기서만 몇 날이 또 어린아이처럼 젖었다
야옹 야옹 하면서

괴물의 시간

젊은 날 나는
시대 감정에 갇혀 몇몇 연애들을 실패했다
혁명하는 법을 배웠어도 늘 서툴렀는데

사랑도 그랬다 몇몇 연애들은
시민들에게 외면당하거나
전경들에게 압수당한 유인물처럼
어려웠거나 투박했다

어쩌면 이성을 갈구하기 위해
수컷 공작새처럼
오히려 시대 감정을 훔쳤는지 모른다

한 여성 문인이 지난날을 폭로했다
괴물들의 시대였다고
문화적인 것으로 치장했던
수컷들의 모든 거짓 화관들을 쳐부수겠다고

그날로부터 난 뜨끔하다

식은땀이 난다 뒤를 돌아보게 된다
청년기가 소환되고
시대의 중앙선으로부터 비껴선
중년기도 소환된다
내 안의 내가 나를 사찰한다

여성 문인의 폭로는
전 세계 부르주아들을 벌벌 떨게 했다는
맑스 엥겔스의 공산당 선언문처럼
뭇 남성들을 떨게 한다

남성들은 단발령에 거병한
옛 왕조가의 양반들처럼
한편으론 분개하지만
한편으론 부서져 내리는
자기 시대의 필연적 몰락을 예감한다

나는 시시때때로
내 안의 괴물을 깊이 응시하기로 했다

내 안에도 반인반수의 유전자는
늘 흐르고 있기 때문이다.

아들은 나를 닮지 않았다

나를 닮지 않는 아들이 스물한 살이 되어
공익근무를 하고 있다
아들은 태어나자마자 일 년에 한 번 꼴로
입천장을 꿰매야 하는 수술대에 올랐다
그 핑계로 나는 돈을 벌어야 했고
애 엄마는 폐경이 온지도 몰랐다
다행히 아들은 나를 닮지 않았다
매년마다 저 스스로를 꿰매더니
바늘자국 하나 없는 노래 한 곡으로
음악 대학에 덜컥 합격했다
아빠 엄마의 몸에서 진이 다 빠지자
또 스스로 휴학을 하곤 입대 신청을 했다
동네 사람들은 나보다 더 아들을 대견해 했는데
뒤늦게 안 그 사연이 좀 찌릿하다
걸음마를 떼자마자 전혀 알아듣지 못하는 발음으로
동네 사람들 아무나 붙잡고
끈질기게 말 걸고 끈질기게 쫓아다니며
제 이름 석자를 광고하고 다녔단다
저 홀로 세상을 꿰매고 온 아들의 분투를
나는 전혀 닮지 않았다

산초 냄새

먹고 사느라 스무 해 넘도록
시를 쓰지 않았다
먹고 사느라 서른 해 넘도록
글만 짓고 살았다는 한 문형(文兄)을
여름비 내리는 정동극장 앞에서 만났다
근처 허름한 추어탕 집에서
허기를 먼저 채우기로 하였는데
흙냄새 비릿한 추어향보다
그의 문향이 먼저 코를 찔렀다
저절로 주눅이 드는 건
내 몸에 배인
잡인의 냄새 때문이었을 게다
산초만 자꾸 치는 내게
그가 웃으며 말했다
아우, 너무 많이 치면 안 좋다네.
밥집을 빠져나와
비에 젖은 정동 길을 좀 걸었는데
흰 자작나무 밑 그가 담배 한 대를 권하며
자작나무처럼 웃더니

이제라도 시 짓고 사세나, 했다
여름비에서는
자꾸 산초 냄새가 났다

오늘 같은 날

오늘처럼 좋은 날씨를
이십여 년 전에 마주쳤다면
데모하기 딱 좋은 날, 이라 했을 것이다
십 년 전엔 아마도
바람피우기 딱 좋은 날, 이라거나
이혼하기 딱 좋은 날, 이라 했을 것이고
오 년 전이라면 아마
북한산 도봉산 불암산 수락산
일박이일로 종주하기 딱 좋은 날, 이라고
등산 싫어하는 친구들 앞에서
뻥이나 쳤겠지
미국에 사는 장성한 딸에게 생활비 부치러
썩을 년 살릴 년 구시렁구시렁 걷다가
이마만 쾅 부닥친 가을
아, 다시 돋기 시작한 내 머리카락에
노란 고무줄처럼 바람 한 줄이 사르르 감겨
나풀거리는 그 느낌이
아, 어쩌나 감미롭고 황홀하던지
그 자리에 그만 탁 서고 말았는데

때마침 가로수 정비 청소부들이
이보세요 똥 떨어져요
내 몸을 한쪽으로 확 떠다 밀곤
은행나무를 마구 흔드는 것이었다
아 염병할, 오늘은
은행 알 똥 폭탄에 맞아 죽어도 좋을
너무나 샛노란 은행 알들 같은 날!

유레카

새도 때론 걷는다
왜 난다, 고만 생각했을까
나이 쉰
무어 그리 놀라운 발견이라고
아파트 앞 벤치에서 벌떡 일어나는데
이 심장 뛰는 것 좀 보소

시마(詩魔)

얼굴빛이 맑아졌다는 이야길 듣고
휘휘 손사래를 쳤는데
요즈음 대체 무슨 약 먹냐
하두 추궁들을 해와서
여보 친구,
내 얼굴에 시마(詩魔) 한 놈 안 보이나
오래 쳐다보지 말게나
금방 옮겨 붙는다네

내일은 눈이 왔으면 좋겠다

문화공연 기획자인 친구 H와
여의도 지하식당에서 소고기무국을 먹었다
한 숟갈 뜨다 마는 H
먹는 게 왜 깨작깨작하냐, 했더니
내일모레 수술한다, 고 했다
느닷없이 뭔 수술이냐, 물었더니
폐암 수술, 그러곤 실실 웃는다
언제 죽냐, 다시 물었더니
안 죽을라고 수술한다 이놈아, 한다
국밥을 다 비운 나는 H를 끌고
KBS신관 앞 할리 커피숍으로 갔다
언제 발견했냐는 말에
얼마 전이라고 한다
의사가 뭐라고 하더냐는 말에
빨리 하잔다, 이런다
오렌지주스를 천연덕스럽게 홀짝이는 H
지랄도 참 풍년이라고 툭 쏘았더니
암도 잘 다독이면 친구 된다더라,
또 실실 웃음을 쪼갠다

병원 들러야 한다고 일어서는 그의 뒤통수에
딱히 찔러줄 말을 찾지 못해
야, 날짜 잡히면 꼭 전화해라, 꼭!
H가 대답 대신 또 실실실 웃는다
뒤돌아선 채 손을 흔든다
뒤돌아선 채 손만 흔든다
흔들흔들 저 흰 손목 빛 같은 눈이라도
실실실 내렸으면 좋겠다
내일은 하루 종일

쉰 살에 부치는 노래

쉰 살이면
바람이 불지 않을 거라 믿었어
쉰 살이면
꽃잎 지는 소리
더는 들리지 않을 거라 생각했어
쉰 살이면
첫눈을 기다리지 않아도
이젠 내리지 않아도 되는 거라
눈을 감았어
쉰 살이면
더 이상 더 이상
편지를 쓰지 않아도 되는 거라 착각했어
우우 바람이 부네
화르르 꽃잎이 지네
너울너울 첫눈이 내리네
아, 쉰 살
쉰 살에도 나는
어디론가 또 편지를 쓰네
바람 같은

꽃잎 같은
첫눈 같은

제4부

역사의 바깥

역사의 바깥1 전정숙

청년 한용운이 백담사로 도망을 놓자
홍주 땅에 홀로 남겨진 그의 아내 전정숙은
일평생이 아궁이 속 젖은 생솔가지였다
연기 반 눈물 반이었는데
그나마 그 젖은 생솔가지에서
아들 보국이가 나와 잘 커주었다
중이 된 애비 없이도 너무 잘 커서
그만 좌익이 되고 말았는데
전쟁 통에 죽고 말았다
시작도 전에 사라져버린
이런 기막힌 이야기들은
한 세월 저잣거리에 나뒹굴며
이리저리 차이는
잔돌이 되고 말았는데
홍주 땅에 들러 내가 주워든 자그마한 이 돌이
혹여 그 잔돌이 아닐런지 모르겠다
조강지처요 어미로만 늙다 간
조선 여자 전정숙을 위해
술 한잔 아니 올릴 수 없다

역사의 바깥2 전협 부부

일진 회원이었던 전협
매국노였거나 문명론자였다
그런데 어찌된 사연인지
어느 해부턴가 맘 고쳐먹고
사라진 나라 되찾겠다는
비밀 결사단 우두머리가 되었다
상해 안창호의 지령을 받아
농공대신이었던 김가진 부자를
상해로 망명시켰고
고종의 셋째 아들 이강마저 탈출시키려 했다
거사는 실패로 돌아갔고
기미년 늦가을 종로에서
만세 운동을 모의하다 피체되었다
고문이 혹독했고
간수는 전협의 아내 몸을 빼앗고서야
남편 옥바라지 일을 허락했는데
아내 등에 업혀 겨우 출옥한 그는
열흘 만에 눈을 감고 말았다
아내의 슬픈 눈동자에 어린
제 눈물만 내내 쳐다보다가

역사의 바깥3 윤치호에게 쫓겨난 소녀

기미년에 한 소녀가
시절의 어른 윤치호를 찾아갔네
소녀는 애기만 한 목소리로
독립자금을 부탁했네
윤치호는 대청마루에서 혀를 차며
어린 소녀를 꾀어 이딴 심부름이나 시킨
상해나 만주 운동가들을 싸잡아
겁쟁이들이라 욕을 했네
소녀는 한 푼도 못 받고
뒤돌아섰네
병아리 똥 같은 눈물이 나왔네
그 애기 눈물을 먹고
한 나라가 만들어졌는데
그 나라 이름이
대한민국이라네

역사의 바깥4 김립

러시아 혁명가 레닌은
조선혁명에 보태 쓰라고 금화를 지원했다
모스크바를 떠난 금화 몇 궤짝이
몽골사막과 울란바토르를 거쳐
상해로 전달되었는데
그 돈으로 김원봉과 의열단은
잘 터지지 않는 폭탄과 총을 샀다
근사한 식당에서 한 끼 밥도 사먹었다
각지에 흩어져 있던 독립지사들이
어느 한 날 상해에 한데 모여
新韓의 운명을 놓고 벌인 대민족회의의
숙식비로도 쓰였다
그 돈을 관리한 이가 바로
이동휘 휘하의 김립이었는데
공금 횡령죄로 백주 대낮에
암살되고 말았다
일부는 그 일을 통쾌해 했다고 전하는데
차라리 레닌이 그 금화를
조선혁명에 지원하지 않았더라면

최소한 독립지사 한 명이
타국에서 그리 쉽게 단명하지는 않았을 테다
이런 이야기는
내게 매우 비감할 뿐이다

역사의 바깥5 마자르와 오토바이

1차 대전이 끝나자
극동전투에 참여했던 헝가리 병사 마자르는
돈이 없어 제 나라로 못 돌아가고
몽골 의사 이태준의 운전병 노릇을 하다가
북경으로 흘러 들었다
김원봉을 찾아가 의열단 병기창 책임자가 되었다
대구기생 현계옥과 위장 부부가 되어
오늘만 있고 내일은 없다는
혈기 방자한 조선 청년들에게
성능 좋은 폭탄을 만들어주었다
몇 년의 세월이 흘러 의열단은
모두 황포군관학교로 가게 되었는데
이별과 우정의 표시로
오토바이 한 대를 사주었다
마자르는 오토바이를 타고
부릉부릉 상해를 떠났다는데
헝가리에 잘 도착했는지 어쨌는지
여태 뒤 소식 아는 이는 아무도 없다

역사의 바깥6 피리와 낚싯대

먹을 것 없는 날이면
간도 노인 석주 이상용은
대나무 낚싯대 하나 들고
종일 빈 방죽에서 돌아오지 않았다죠
그래야만 손주는
할아비 낮밥으로 한 끼 때울 수 있었구요

그래도 먹을 것 없는 날이면
간도 노인 우당 이회영은
대나무 피리 한 개 꺼내
아침저녁으로 불어주었다죠
그 소리 밥으로
온 식구 오늘 하루만 넘어 보자구요

역사의 바깥7 화탄계 정정화

중화민국 사천성 중경은 염천이라
한여름엔 화로를 늘 머리에 이고 있었다지
그 아래 토교라는 작은 마을엔
다행히 화탄계라는 꽃 여울이 있었다 하네
상해로 망명한 남편을 찾아
신의주행 기차를 탔던 스무 살 아낙네 정정화가
겁도 없이 온 대륙 산 넘고 강을 건너
이 마을까지 쫓겨 갔는데
제 몸집만 한 꽃빛 개울가
어찌나 물이 맑던지
그 물에 어리는 제 얼굴엔
벌써 마흔이 넘고 있었다네
빨래도 하고
미역도 감고
마시기도 했다는데
짧은 몇 날이라도 그 화탄계가 없었다면
정정화 한평생이
지아비 따라 나선 조선 여인들 한평생이
그 얼마나 서러웠을꼬

살갑지 못했던 조선 지아비들은
또 얼마나 애간장들이 다 녹았을꼬

역사의 바깥8 기미년 기녀

기미년에 대구 기생들이
권번 대문 밖에 이런 방을 붙였네

우리 조선이 독립을 이루기 위해서는
교육에 힘을 먼저 써야 할 것이냐
군사에 힘을 먼저 써야 할 것이냐
이 문제로 이야기해보고자 하오니
많은 부녀들의 왕림 부탁드립니다

일본관헌들이 권번에 들이닥쳐
이런 모임과 화젯거리는
부녀자들로서 감히 할 이야기가 못 된다며
모임을 강제 해산시켰는데

수원기생 향화는
화성행궁에서 만세 부르다 육개월 실형을 살았고
대구기생 현계옥은
서간도로 망명하여 상해까지 가서
최초 여성 의열단원이 되었네

기미년은 기녀들에게 무슨 바람이었나
그 바람 얼마나 뜨거웠길래
옥살이도 하고 망명도 하고
여태 돌아오지도 않고

역사의 바깥9 안동 양반

신식 아들이 단발을 하고 내려오자
안동 양반은 자식과 의절하였다
아들이 서간도로 망명을 하자
안동 양반은 단발한 손주를 혼자 키웠다
아들은 단발 때문에 의절하면서
정작 단발한 손주는 애지중지하니
거 참 무슨 심통이오,
사람들이 저마다 의아해 하였다
안동 양반이 말하길
손주는 제 애비 말은 잘 따르는 효자이니
내 어찌 사랑하지 않을쏘냐

역사의 바깥10 마적 형제

서북 사람 서왈보와 유동열은
무인 기질에 사내대장부 뜻이 커서
일찍이 안창호와 함께 청도로 망명했다
한 사람은 공군비행사
또 한 사람은 독립군 사령관이 되고 싶었는데
시절이 야박해서 거지 되기 일쑤였다
어찌어찌 남경까지 흘러들어가
인삼장수가 된 김규식
양의사 이태준과 우연히 의기투합하였는데
꿈이 큰 건지 통이 큰 건지
몽골 울란바토르 테를지로 가서
군관학교를 만들자 모의했다
몽골 초원은 광활한데 병영 꾸릴 돈은 없어
김규식은 새로운 장사거리 찾아
다시 중국으로 되돌아왔고
이태준은 매독 걸린 몽골사람들 치료하겠다며
그곳에 병원을 세웠다
제 나라 제 고향으로 되돌아가려면
아무것 무엇이라도 해야 했던 시절

서북 사람 서왈보와 유동열은
우리가 잘할 수 있는 게
총 쏘고 말 타는 일밖에 더 있겠냐
고심 끝에 마적이 되었는데
몇몇 한인 모아
밤마다 동북삼성 부잣집들 털러 갔지만
웬일인지 군자금은 쌓이지 않고
장쮀린 군벌들에게
몇 날 며칠을 쫓겨만 다녔다

역사의 바깥11 김규식과 신채호의 과외 이야기

외국어 달인 김규식과 한문 달인 신채호가
상해탄가 어느 쪽방에서 서로 만났다

김규식이 신채호의 영어 선생이었는데
서로 언쟁이 그치지 않았다

I am Tom, You are Jane
선생 김규식이 이렇게 선창하면

학생 신채호는 몸을 좌우로 흔들며
I는 Tom이요, You는 Jane이로다

선생 김규식이 한껏 노려보며
I am Tom! You are Jane! 하면

학생 신채호도 지지 않고
I는 Tom!이요, You는 Jane!이로다

옛 동도서기에 얽힌 망명 지사들의 일화는

이렇듯 웃음도 나오고 눈물도 어려서

가슴에 살얼음 한 장 얹힌 것처럼
아련하고도 시리다

역사의 바깥12 밀양 아리랑

북한이나 남한은 약산의 이름을 지웠지만
여전히 두려워하지만
밀양 약산로에는
올해도 저 홀로 가을이 물드네
열여덟 열아홉 만주 꿈이 번지네
예쁜 각시 얻는 일보다
논두렁 밭두렁 농사 짓는 일보다
왜 하필 나라 찾는 일에
먼저 눈이 뜨였을꼬
결사단을 만들고 자폭탄이 되어
맹수처럼 국경을 넘나든 이야기
양자강에 배 띄우고 태항산 타고 넘으며
바람처럼 대륙을 떠돈 이야기
장엄한 듯 가혹한 듯
우리나라 옛 어린 것들의
참 가여운 이야기
어떤 것은 죽어서
제 고향 당산나무 옆 빛나는 묘비석이 되기도 하고
어떤 것은 죽어서

제 나라 사람 수호신 집신이 되기도 한다지만
남북 삼천리
아무것도 되지 못한 이야기
가을로만 번지네
아무런 두려움도 없이

역사의 바깥13 사람 이소사

갑오년 동학당 두령들 중에
한 여성이 있었다 한다
처음 들어보는 이야기라 무척 놀랐는데
일본 놈들은 스물두 살 미모의 여장부로
이름은 이소사
흰 말을 탔다고 기록했고
조선관군은 제 서방 내팽개치고
동학당 따라나선 신들린 미친년이며
난적의 우두머리로 기록했다고 한다
미친년이 틀림없다면 접신은
아마도 시천주(侍天主)였을 것이다
시천주 조화정 영세불망 만사지
이 열 석자 주문은 난적들에게
마지막 남은 밥 한 덩이였을 테고
그해 겨울만 넘기면
다시 먹을 수도 있겠다던 쑥국이었을 것이다
전라도 장흥 땅 석대들에
최후의 동학군처럼 내리던 눈보라 속으로
그녀 역시 한 점 눈처럼 녹아 없어졌는데

내가 아는 한 역사학자는
내 맥주잔에 찬 술을 채우며
그녀의 이름은 말이죠
여장부 여두령 미친년 이소사 이런 게 아니라
조선 통틀어 최초의 여성 정치 당원이자
근대의 첫 장을 열어젖힌
사람! 사람이었다고요

역사의 바깥14 빚은 높고 빛은 깊고

동아시아 최강 부대를 격파한
봉오동 청산리 전투는 빛도 높고 빚도 깊다
승리한 독립군 지휘관들은
청산리와 봉오동을 서둘러 떠났지만
발 없는 논밭처럼
그대로 남아야 했던 간도 한인들은
곧 들이닥친 아시아 최강 부대에 의해
모두 죽거나 불탔다
옛일을 복기하거나
지금 세상에도 똑같이 일어나는
저 숱한 윤회의 자국들을 살필 때
그대, 늘 조심하고 또 경계하여라
모든 빛 뒤엔 항상 무거운 빚이 있으니
빚을 갚지도 않고 빛나는 모든 것들은
믿을 것이 못 되거니와
이제라도 네 빚을 되돌려주어라
해마다 술 한잔 올려주어라

역사의 바깥15 왕의 도장

나라 넘긴 왕의 도장이
가짜든 진짜든 그게 무슨 소용이랴
왕도 살고 민도 살고 조선도 사는 길은
공화제밖에 없다는 만민공동회를
왕은 무력으로 진압해버렸지
일본의 천황처럼 대한제국도
황제가 대권을 놓아서는 안 된다는
이토의 달콤한 말을 버렸어야 했었지
많은 날을 만백성 어버이가 못 되었던 그가
딱 이 한 번 민의에 맘을 굳혔더라면
조선은 정당도 의회도 언론도 국민군대도
서둘러 준비할 수 있었을 게야
그랬더라면 조선을 쑥대밭으로 만든
을사조약이니 군대해산이니 한일병합이니
이런 국내외 대사들은 줄줄이
공론 장으로 끌려 나왔을 터이지
광화문 육조거리는 매일 매일
조선 생민들로 꽉꽉 들어찼을 것이고
교인들 선비들 백정들 기녀들 농민들

늙은 것들 어린 것들
너 나 할 것 없이 민론을 쏟아냈겠지
왕도 살고 민도 살고 조선도 사는
민력이 되었겠지
아, 딱 한 번 눈 질끈 감고 마음 굳혔더라면

역사의 바깥16 하느님

구한말 한성부 반촌에 사는 백정 박가는
어느 한 날 장질부사에 딱 걸렸는데
조선 황제도 못 살린 목숨
푸른 눈 가진 양귀의사가 살려냈다네
그날로 이레 중 한 날은
몸 씻고 맘 씻고 양귀 집으로 줄달음 쳤다네
양반상놈 따로 없고 남녀유별 따로 없다 하니
참말로 양귀의 하느님은 평평도 하시지
소 잡던 제 아들 까막눈 뜨게 해달랬더니
사람 몸 꿰매는 기술까지 가르쳐주었네
국운 어지럽던 1898년 늦가을 종로에
천한 것들이 만민씩이나 모여
나라님께 한 말씀 올리는 자리
나는 대한의 가장 천한 사람이오만
한 개 장대보다 많은 장대로 힘 합해야
나라 이롭고 백성 편할 수 있다오.
일장 연설로 종로 바닥 유명인이 되었는데
팔도 사람들이 한 십여 년간
백정 놈 유명인사 된 별난 세상이나

소 잡던 아들놈 서양의사 된 일이나
다 하느님을 잘 골라야 되는 일이라며
주막집 막사발들처럼
맞소 옳소 참 시끄럽더라네

역사의 바깥17 어떤 청춘

연안까지 간 조선사람 김산이
님 웨일즈란 푸른 이방인에게 고백했다

어쩐 일인지 나의 청춘은
자기 문제만으로 자기를 고민하는
행운을 얻지 못한 것 같소

내가 만난 시대가 하필
나를 너무 빨리
늙게 만들어버린 것 같소.

삼십여 년 전 이 고백을
은행잎 수북한 명륜당에서 읽고
몇몇 친구들과 가을을 탔었는데

또 김산 같은 가을이 왔다

역사의 바깥18 생민(生民)

독립이든 혁명이든 전쟁이든
제때를 못 만나면 제때에 뒤집지 못하면
생활이 되고 생계 방편이 되어
운동가와 혁명가와 병사들은
제 생민들 피를 빨아대는
토비가 되거나 비적이 된다
지나간 것들은 역사란 이름으로
몇몇 영웅들과 사건들만
오색 만국기처럼 걸어놓지만
그 만국기가 정말 완벽하게 정의로운 것인지
역사가 벌컥벌컥 들이마신 피가
정말 완벽하게 선량한 것인지
난 정말 수상하다 의심스럽다
제국군이든 독립군이든 혁명군이든
서로 맞총질한 만큼이나 제 생민들에게도
의연금이니 인구세니 보호세니
밀정이니 반동이니 총동원이니
총부리를 거꾸로 겨누고 고혈을 짜댔는데
아 누가 알리 이런 것들은

이 땅 저 땅에서 죽어간 생민들과 함께
이미 오래 전 흙에 묻혀버린 걸
그래서 신채호가 새벽 창의에
교시 받지도 말고 교시 하지도 말고
생민 스스로가 알아서 일시에 다 들고 일어나자는
생민 본위 혁명론 같은 걸
각혈하듯 칵, 내뿌렸는지 모른다

역사의 바깥19 조명희

보들레르가 되지 않았고
타고르가 되지 않았네
붉은 장미꽃 어떠니
西人의 레이스 어떠니
노래하지도 않았네
산비탈길 돌아들며
지게 목발 두드리고 노래하는 초동처럼
얇은 해 가만히 쪼이는 봄에
그 햇빛의 상한 마음을
저 혼자 알고 부는 바람처럼
저 혼자 알고 흔들리는 실버들 가지들처럼
조선만 노래하며
조선으로 죽고 말았네
조선꽃 한 송이 피지 않던 봄날
아무르 강변에서
낙동강으로 흘렀던 사람

역사의 바깥20 천도교

백 년 전 조선 땅에
남북 합하여 일천칠백만
천도교 시천주만 백만
쌍것들 씨만 말린 세상
차라리 내가 한울님이 되어버려야
한 세상 버텨낼 수 있었다
나라 잃고 너나 없이
늦가을 노란 볏단으로 묶였다가
기미년 삼월 일일 정오
도시 마을 산간마다
고봉 넘치는 하얀 쌀빛들로
화르르 쏟아졌는데
깜깜한 한세상에 등불 하나 건
우리 옛 종교들 중에
이리 수고롭고 노고 험했던 종교가
어디 또 있겠는가

역사의 바깥21 블라디보스토크 기차역에서

기차는 예서 떠났다
어리석었던 황제의 뒤늦은 밀서 한 장 든
이준과 이상설을 태우고

기차는 예서 떠났다
얀치혜 가을 깊은 들에 무명지 잘라 던진
독한 황해도 사람 안중근을 태우고

기차는 또 예서 떠났다
총을 빼앗긴 노병 홍범도
백군들과 싸웠던 파르티잔 김경천의 처자를 태우고

우수리스크 하바롭스크 캄차카
볍씨 같은 고려인들
샅샅이 찾아내 모두 태우고

비구름처럼 눈보라처럼 모래바람처럼
붉은 해 속으로 푸른 달 속으로
사나운 시절 한 칸이 달려갔다

덜컹 덜컹 꽤액 꽥
헤이그로 갔다 하얼빈으로 갔다
우즈벡 카자흐스탄으로 갔다

저리 멀고 저리 끝없는 곳으로 떠나가
슬픔만 되돌려 보내고
정작 그들은 한 사람도 되돌아오지 않았다

역사의 바깥22 자유시, 스보보드니

블라디보스토크에서 우수리스크를 지나
하바롭스크를 끼고 왼쪽으로 굽어들면
우리말로 자유시라는 스보보드니가 나온다지
일천구백이십일년 유월 하순에
옛 만주 한인 독립군 수천여 명이
자유를 찾아 자유시로 갔는데
몽땅 잡아먹어버렸다지 한인들의 자유를
중화민국 형제군도 되어주고
소비에트 민중군 돌격대도 되어준
동북방 범 세계인 까레이스키들을
졸렬했던 러시아 국제주의가
스스로 간파하지 못했던 우리네 소갈머리가
두 패로 갈라 맞총질하게 했다지
러시아령 스보보드니 제야강은
겨울 설산 밀림을 뚫고
동상 걸린 발 잘라내며 찾아간 세계정신을
아귀처럼 잡아먹은 나쁜 자유의 아가리
제야 강에 뛰어든 한인들의 최후는
그 검은 아가리 입천장에 박혀

백 년 동안 빠지지 않은 아픈 가시 같은 것
이천십팔년 시월 제야 강에
검푸른 강울음 소리 웅웅 떠다닌다면
그건 필경 졸렬한 자유가 속 좁은 사상들이
저를 스스로 찌르며 울부짖는 백년 가시 소리일 게야

역사의 바깥23 우수리스크 수이푼 강에서

— 이상설을 생각하며

헤이그 밀사 이상설의 숨 가빴던 일생이
참나무와 자작나무 숲길을 지나와
끝내 한 줌 유골로 뿌려진 이 강을
수이푼 강이라 하고
추풍 강이라고도 한다는데
아무래도 난 슬픈 강이라 해야겠네
이상설은 뿌려 달랬다지
나 죽으면 매장하지 말고 활활 불태워
아무르만 쪽으로 흐르는
수이푼 강에 훠이 훠이
아무르만까지 흘러가면
조선 땅은 거기서 몇 걸음일 뿐이라고
우수리스크 수이푼 강은
인가(人家) 하나 없는 광활한 들판이
밤이면 남몰래 아무르만 쪽으로 흘리는
눈물 한 줄기만 한 강
고산족(高山族)이 되지 못한 자작나무들이
아무 데나 작대기처럼 꽂혀 뿌리를 박고서
옛사람 이름 하나 불러내듯

흰 가을바람 두어 줄과 춤을 출 때
난 들었네 우연히
산꿩 울음소리 하나를
푸드덕 날갯짓에 놀란 수이푼 강물이
아무르만으로 떠밀어내는
주름주름 슬픈 울음 같은 것을

역사의 바깥24 우수리스크 라즈돌노예 역에서

1937년 9월 11일 아침
블라디보스토크 뻬르바야레치카 역에서
시베리아 행 첫 화물 기차가 떠났다
신한촌 개척리 고려인들을 줄줄이 태우고

우수리스크 라즈돌노예역 하바로프스크역
연해주 모든 기차역마다 고려인 17만이
흩어진 볍씨처럼 부려진 짐짝처럼 뒤엉켰다

어디로 가는지 왜 떠나는지
언제 돌아오는지
누구 하나 가르쳐주는 이 없었다

똑똑한 고려인 지도자들은
어젯밤 아무도 모르게 끌려 나가
이미 저세상 사람들

마흔 번의 달이 뜨고 지는 동안
불씨 한 올 없는 횡단 열차 안에서

아기들이 제일 먼저 얼어 죽었다
노인들은 굶주린 낙엽으로 굴러 떨어졌다

아, 천하의 고려독립군 대장 홍범도도
그 기차만은 멈출 수 없었다
까마귀밥으로 내던져진 제 동족들
돌무덤 하나 지어줄 수 없었다

아침이면 또 아기 하나 잡아먹고 뜨는
저 해는 참 새빨갛기도 하지
저녁이면 또 노인 하나 잡아먹고 돋는
저 달은 참 새파랗기도 하지

마흔한 번째 아침 해가 떠오를 때야
고려인들은 알았다
멈춰선 기차에서 함께 내리지 못한 동족들
수천수만이었다는 사실을

아아 그러니까 그 기차는

볍씨 한 줌이 전부였던 고려인들 하나둘씩
마흔 날을 아귀처럼 잡아먹었던 것

아아 그러니까 마흔 번의 해와 달이
아침저녁으로 묘지를 파고
시베리아 눈보라 비구름이
나뒹구는 백골들을 덮으며 장송곡처럼 뒤따라갔던 것

아아 그러니까 사람들아
연해주 라즈돌노예 기차역에 오시거든
아무 곳 어느 곳 바람 한 줄기 불어오거든

걸음 멈추고 귀 열어 먼저 들어볼 일이다
내 이마에 두 줄의 쇠 레일을 깔고
시베리아 겨울 해와 달만 가득 싣고 와

자작나무 가지가지마다
무명천으로 걸어놓고 흔들어대는
저 슬프고도 흰 기차 울음소리를

역사의 바깥25 우수리스크 최씨 수난기

— 최재형을 생각하며

함경도 노비 기생의 자식으로
아버지 따라 일찍 연해주로 건너간 최씨는

어려서부터 사업에 눈을 떠 거상이 되었는데
두 명의 부인으로부터 4남 7녀를 두었다

러시아 군대에 소고기나 납품하며
주렁주렁 자식들 뒷바라지 일로 늙어갈 일이지

무슨 바람 들었을까 무엇에 홀렸을까
얀치혜 장미꽃 화원 딸린 서양 벽돌집엔

안중근 형제와 헤이그 밀사들이 머물다 갔고
노령 찾아든 망명객들 너도 나도 머물다 갔다

서간도 북간도 시베리아 떠돈 조선이
한 시절 제 온돌방처럼 언 꿈 녹이다 갔다

그 꿈이 너무 뜨거웠나 사나웠나

시베리아 일본 출병군은 1920년 사월

나이 육십 노인에게 총을 쏘아버렸다
장남 최운학은 1918년 백위파 군에 죽었는데

볼셰비키 포병장교였던 차남 최성학도
일제 밀정으로 몰려 스탈린에게 처형되었다

삼남 최 페트로비치는 알마타에서
평생 조롱을 먹고 살다 죽었고

1차 대전 참전병사였거나 단추공장 기술공이었던
다섯 사위들도 모두 처형되었다

키르기스스탄에 숨죽여 살던 6녀 최 류드밀라 노인이
1996년 한국 대통령께 이런 편지를 썼다

'추운 겨울은 닥쳐오고 난로 연료도 없고
장작 벨 힘도 물 끓여 운반할 기력도 없습니다.'

일본군 러시아백군 스탈린적군 한인촌 파벌
세상 모든 아귀들의 손발톱에 구멍 숭숭 뚫린

고려인 최씨 가족의 삶과 운명을
시베리아 자작나무처럼 하얗게 불탄 한 시절을

오늘 나는 무슨 말 지어 꿰매고 달래야 하나
드릴 게 없어라 나는

여기 시로 지은 옷 한 벌밖에

역사의 바깥26 발해 성터에서

우수리스크 발해 성터엔
발해가 없다
발해는 멸망한 대조영 왕가의 궁성터나
깨진 기왓장 조각 유물 같은
그런 조잡한 것이 아니다
보라 저 광활 광활한 초지
옛 발해민처럼 말을 몰고 소를 모는 듯한
저 힘찬 힘찬 시베리아 바람
산으로 올라가지 않고
높은 산을 쌓지 않고
들판에 평지에 벼처럼 옥수수처럼 서 있는
자작나무들과 참나무들의 강단
선(線)을 긋지 않아도
선(線)을 찾지 않아도
얼굴빛 노란 것들이나 허연 것들이나
머리카락 검은 것들이나 노란 것들이나
아무렇게나 한 생 어울려 살다 간
저 광활 광활한 생의 말뚝만으로도
여기는 대발해인 것이다

역사의 바깥27 신한촌 세울스카야 2A에서

블라디보스토크는 백 년 전 우리말로 해삼위
유인석 이범윤 홍범도도
안창호 신채호 박은식 이동휘 강우규도
이 군항 도시에 도착한 한인들 모두도
해삼위 해삼위라고 불렀다
북해에서 건져 올린 해삼
배 갈라 한 입 초고추장에 찍어 먹으며
의관을 갖춘 늙은 의병 대장은
복벽의 나라를 꿈꾸었을 테고
단발한 개신 유자(儒子)들은
공화제 신한을 꿈꾸었을 테다
성경책 든 서구 문명론자들은
성호 긋는 한인이상촌을 꿈꾸었을 테고
군항과 철도 공사장의 한인 노동자들은
기름때 배인 머리두건 풀며
내일 하루 품삯을 꿈꾸었을 테다
해삼 한 입에도 서로 다른 꿈
그 서로 다른 꿈이 해삼위 곳곳에
석굴처럼 다닥다닥 집을 지었으니

그 꿈 길이가 7킬로미터가 넘었다
신한촌 세울스카야 2A 번지에 가면
아, 그 꿈 먹고 자란 큰 자작나무 한 그루에서
백년 묵은 해삼 냄새 같은 게 난다
북해에서 불어오는 겨울바람에
우수수 떨어져 내리는 단풍잎들도
해삼위 해삼위 입소리를 내는 것이다

역사의 바깥28 늦가을, 경운궁 앞에서

늦가을 정동 단풍 길을 걷다
한 역사학자의 몇 문장이 문득 떠올라
나는 굽이 닳아진 구두를 가만 내려본다

고개를 좌우로 돌려보지만
정동 길 인도변이나 경운궁 근처엔
아쉽게 구두 수선 가게가 없다

두리번거림 속으로
옛 조선의 마지막 황제 이름이 불편하게 떠오르고
옛 구두닦이 이름도 단풍 한 잎처럼 선명해진다

이곳에 살던 한 황제가 1898년 11월 하순
국정을 쇄신하라는 한성 민심을
보부상들 보내 진압해버렸다고 했는데

그때 한 신발 수선공이 맞아 죽고 말았고
그이의 이름이 바로 김덕구다

한성 상인들은 분노하여 일제히 상점을 닫았고
나무꾼들이 장작들을 가져와
초겨울 찬비를 태우는 장작불을 피웠다

술장수는 술통을 날라 왔고
학생 여인 상인 각설이들이
경운궁 밖 천막과 장작불을 둘러싸며
김덕구 살려내라 농성했다

김덕구는 민주주의 대한민국 족보의
맨 처음을 차지하는 민주열사의 이름이다

그날의 불꽃같은 단풍 길에 멈춰 선 채
앞코 닳아진 신발 한쪽 벗어
기어이 바닥에 탁탁 때려본다

세상 보는 눈이 발아래 달렸을 것 같은
옛 김덕구가
새까만 광약 통에 흰 헝겊 한 자락 들고

거 선생 신발 못 쓰겠네
이리 오우

저 가을빛에서 툭 뛰어나올 것만 같다

역사의 바깥29 봄, 서대문 감옥에선

스무 날을 남산 왜성대에서
물고문에 대나무 봉 가죽 채찍으로 맞고
저고리 치마 속곳 다 발가벗겨진 채
천장에 매달려 팽이로 돌았던
한 젊은 여성이
서대문 감옥 5호 독방에 패대기 당했다
핏자국과 멍 자국 범벅인 그 젊은 여성이
젖 먹던 힘을 다 짜내
변기통에 올라가 발뒤꿈치를 들고
옆방을 향해 겨우겨우 통성명을 한다
난 김마리아예요
그러자 옆방에서
언니, 나 박인덕이에요
그 옆방에서
난 개성의 어윤희라오
난 수원의 김향화라오
난 천안의 유관순이에요
그 옆방에서
난 황에스더예요

나혜석이랑 같이 있어요
5호 방을 떠났던 말이
다시 거꾸로 되돌아온다
난, 괜찮아요.
나도, 참을 만해요
어린 관순이가, 많이 아파요
다 괜찮은데, 관순이가, 열이 펄펄 끓어요
5호방으로 도착한
퉁퉁 부어오른 멍 자국 같은 말들이
다시 옆방을 향해 떠나간다
힘내요, 힘내요, 우리 같이 힘내요

역사의 바깥30 여호와 아부지

시골 유생 아버지는 평생
조상 팔아먹은 상것들이라 상종하지 말랬지만
해남 종가집 조상님은 여호와랍니다
두륜산 밑 시골 토담집에
큰 할머니 세 분에 막내 할아버지 이렇게 사셨는데
전쟁 나자마자 세 분 할머니 모두
새벽 밥 싸들고 지리산으로 떠났답니다
버섯 따러 올랐는지 약초 캐러 올랐는지
동네 사람들 그 누구도 아는 이 없었지만
홀로 남은 막내 할아버진
아침 눈 뜨자마자 고아가 되었지요
밥도 없고 물도 없어 땅바닥에 죽어 있는 걸
누군가 등에 얼른 업고 가서
물 주고 밥 주고 이불 덮어 살렸답니다
그날로 아비도 잊고 어미도 잊고 싹 잊고
지리산으로 도망간 누님들도 다 잊고 싹 잊고
아침마다 할렐루야 저녁마다 할렐루야
여호와 아부지 여호와 아부지 했답니다
글자도 깨치고 장가도 가고 애까지 보았으니
이보다 큰 은덕 내린 조상님들 어디 있다구요

역사의 바깥31 할머니 셋

해남 대고모 할머니 셋
일천구백오십년 한겨울에
버섯 따러 약초 캐러
흰 눈 쌓인 지리산 올랐다가
첫째 할미 둘째 할미 총 맞아 죽었네
국군이 쏘았는지 인민군이 쏘았는지
알 수는 없지만
셋째만 살아남아 전향서 쓰고
백 살 살다 나비 되셨는데
다행히 꽃 피고 새 우는 봄날
버섯이 되고 약초가 된
제 언니들 만나러
지리산으로 너울너울 날아갔다네

역사의 바깥32 과꽃

광주에서 순 깡패짓만 골라하던 그 새끼
일고 문턱에도 못 가보고
겨우 상고에나 다니던 그 새끼
툭하면 땡땡이 치고 툭하면
야 꼬마야 돈 내놔
야 꼬마야 누나 내놔
하던 그 새끼가
어느 날 군인이 되어
우리 집에 찾아왔어

학교 끝나는 시간만 되면
스포츠 머리에 기름 발라 넘기고
어이 은희씨
수피아 여고생허고 상고생허곤
영 수준이 안맞는당가
키득키득 우쭐거리며
누나 뒤만 졸졸 따라다니던
그 새끼

야이 씨발년아
누군 공부 못해 일고 안 간 줄 알어
그 놈의 돈 때문에 내 청춘 종 친 거지
박박 악쓰던 그 새끼였어

그 새끼는 느닷없이
벌벌 떠는 아버지 앞에 넙죽 큰절을 했어
은희 누나를 절대 집 밖으로 내보내지 말라고
나가면 무조건 개죽음이라고
두부처럼 다 뭉개진다고
죄없는 광주시민 다 죽이는
공수부대 샅샅이 때려잡고
민주화되면
사람 돼서 돌아오겠다고
숨넘어가듯 주절댔어

그때서야 난 알았어
그 새끼 군복과 공수부대 놈들 군복이 다르다는 걸
그 새낀 회색 깨구락지 군복을 입고 있었어

그때였어
처음으로 내 머리를 쓰다듬어 주고
누나에겐
수십 통의 편지를 툭 던져주었어
그리곤 어둠 넘어 사라졌어

그날부터 누난 울었어
하얀 교복 입고 등굣길 서두르는
작은누나 골목길 어귀
예전처럼 뒷호주머니에 손 찔러넣고
보라색 배꼽바지 펄렁거리며
헤이
헤이
거들먹거리지도 않았어
우리반 애들 돈 빼앗던
그 새끼 똘마니들도

하늘나라 가버린 거야
그 새끼는 아예 하늘로 올라가버린 거야

누나가 매일 과꽃을 꺾어와
한 잎 두 잎
집골목에 흩뿌리기는 하지만
하얀 눈물 맨날 맨날
꽃잎처럼
하늘거리기는 하지만

* 1992 첫시집 〈친구여, 찬비 내리는 초겨울 새벽은 슬프다〉에서 재수록

시적 자서전의 깊이와 감동

방민호(서울대학교 국문과 교수)

1.

요즘 공감이 가고 감동이 있는 시집을 만나는 일은 드문 일이고 그만큼 귀한 경험이다. 채광석 시인의 두 번째 시집 『꽃도 사람처럼 선 채로 살아간다』가 바로 그런 시집이다.

시집 속으로 들어가 목차를 보면 모두 네 부에 걸쳐 아흔 네 편이나 된다. 옛날에 일제 시대에 출판된 시집에 백 편 넘는 시를 수록한 시집이 단 두 권 있었고 해방 이후에도 그런 시집은 아주 드물다고 보면 이 시집에 들인 공력이 남다르다 하지 않을 수 없다.

어떻게 이런 시집을 꾸미게 되었는가 하면, '시인의 말'에 저간의 사정을 알 수 있을 만한 문장이 담겨 있다. "시문 밖으로 출행한 지 스물세 해 만에 / 다시 언어의 사원 앞마당을 기웃거린다."라는 문장은 이 시인이 무려 23년 만에 다시 시인의 길을 걷고자 마음먹었다는 사실을 말해준다. 이렇게 실로 오랜만에 다시 시업을 쌓고자 결심한 시인의 변화된 모습을 시집 가운데 한 편의 시가 잘 드러내 보여준다.

> 얼굴빛이 맑아졌다는 이야길 듣고
> 휘휘 손사래를 쳤는데
> 요즈음 대체 무슨 약 먹냐
> 하두 추궁들을 해와서
> 여보 친구,
> 내 얼굴에 시마(詩魔) 한 놈 안 보이나
> 오래 쳐다보지 말게나
> 금방 옮겨 붙는다네

— 「시마(詩魔)」 전문

유머러스한 시지만 이 시를 읽으면서 나는 채광석 시인이 시 속에서야 비로소 얻을 수 있었던 '구원'의 표정을 발견한 셈이었다.

시를 쓰는 일은 이 시인에게 구원이라 하지 않을 수 없는데, 그것은 시를 쓰면 마음이 정화된다든가 하는 단순한 이유로는 설명할 수 없다. 앞에서 말한 '시인의 말'에서 그는 시를 쓰는 이유를, "쌓아올린 죄업의 돌 한 개 돌 두 개 덜어내고 싶기 때문"이라고 썼고, "살아왔던 날들에서 만났던 많은 사람들"을 위해 "축원하며 살겠다"고 썼다.

나는 이 시인의 말이 무슨 말인지 즉각, 또 하나의 전체로서 이해할 수 있다. 마음이 통할 때 사람은 사람을 어떤 부분으로, 또 시일을 두고 이해해 나가는 게 아니다. 순간이면서 전체로 그 사람을 알게 되고 받아들이게 되는 것, 이것이 사람과 사람의 교통이고, 지식을 습득하는 것과는 완전히 다른 마음의 영역이다.

나 또한 서른 살 무렵에 마산에서 만났던 최둘래 씨에게 기막힌 사연을 적은 편지를 봉해 두고는 지금까지 부치지 못한 편지를 갖고 있다. 그리고 '현수' 후배, 나를 용서해 주오. '홍녀', 나는 분명 그릇된 놈이었소.

그러니, 어찌 이 시집 『꽃도 사람처럼 선 채로 살아간다』를 슬쩍 읽고 옆으로 치울 수 있으랴. 알고 보면 채광석 시인은 나와 같은 세대의 사람, 길은 조금 다르지만, 그 시대의 '함정'에 빠져 우리가 얻은 앎을 지선으로 알고 그러면서도 그 이상대로 삶을 끌어가지 못한 채 후회와 미안함과 죄스러움을 안고 삼십 년 성년의 삶을 상처투성이 인간으로 살아와야 했고, 그러고도 길은 끝나지 않았던 것이다.

그렇게 이 시집은 채광석이라는 한 사람 '386 세대'의 끄트머리를 구성하는 한 개체적 인간의 초상이자 시대의 굴곡을 그와 '함께' 타고 넘어온 모든 386들의 초상이다. 이 시집은 시들을 쓴 시인과 함께 가슴 아파하지 않으면서는 나아갈 수 없다.

시집은 모두 네 개의 부로 나누어져 있다. 제1부는 '90 그리고 서른'이며 제2부는 '마흔, 무늬 몇 개'다. 제3부는 '쉰 즈음'이고 제4부는 '역사의 바깥'이다. 각 부에 붙은 소제목들만으로도 이 시집의 구성 의도를 알아차릴 수 있다.

시집을 계획하면서 시인은 자신의 20대 이후의 삶이 전개되어 온 과정을 시적으로 압축해보고자 했다. 이것이 이 시집의 제1부부터 제3부에 이르기까지의 시들이다.

여기서 나는 압축이라 했지만, 더 사실에 가깝게 말하면 '기억과 성찰'이라 해야 한다. 회한 속에서 삶을 살아온 사람은 과거를 곱씹지 않을 수 없으며, 이 소의 되새김질 같은 '저작' 작용이 없이 참된 시인은 여간해서는 세상에 나지 않는다.

제1부부터 제3부까지의 시들이 자신의 삶의 과정에 대한 '기억과 성찰'을 담고 있다면 제4부는 시인이 깊은 관심을 기울여온 구한말과 일제시대 한국인들의 삶의 그늘을, 이 그늘 속을 참담 속에서 살다 스러진 사람들의 삶을 '추모' 또는 '애도'한다. 이에 이르렀을 때 시인은 자기의 삶이 다만 개체로서의 자신이 아니요, 역사를 '구성'하는, 또는 공식적 기록 아래 가로놓인 수많은 삶의 사슬의 일부임을 새롭게 인식할 수 있게 된다.

나는 시집의 각각의 부에 실린 시들을 다시 한 번 읽어가며 이 시집이 어째서 내 마음을 이토록 울릴 수 있었는지 생각해보기로 한다.

2.

시집 제1부는 시인의 이십대와 삼십대의 삶을 보여주는 시들로 이루어져 있다. 「1991 친구여 찬비 내리는 초겨울 새벽은 슬프다」는 '나로 하여금' 한없이 외롭던 이십대의 첫 시기를 떠올리게 한다. 지방에서 올라온 내게 서울은 더없이 낯설고 힘들었다. 친구가 필요했지만 그럼에도 나는 늘 혼자였다. 「1992 입영통지서」에서 시인은 군대에 가려고 이런저런 일들을 정리한다. "몇 해 전 헤어졌던 애인도 잠깐 만나 / 그때 참 미안했네, 용서를 구했다"라는 구절에서 나는 옛 일들을 떠올린다. 사람의 도리를 다하지 못한 나날였다. 「1993 면회가 끝나고」는 참 서둘러서도 결혼했던 시인의 가슴 아픈 사연이 나타난다. 군 입대를 앞두고 서둘러 결혼했기에 아내가 갓난아이를 포대기에 엎고 면회를 왔다. 이 아내에 관하여 시인은 저 뒤에서 또 한 편의 아픈 사랑의 시를 써놓고 있다.

애를 둘이나 낳아준 여자가
마지막 생리를 끝냈다고 고백했을 때
따뜻한 말 한마디 못 해줬다
둥근 달이 제 몸빛을
마지막 한 방울까지 쥐어짜 내보내고
스스로 자신을 잠가버리는
컴컴한 적막 같은 것을 떠올리다
말을 잃고 놓쳤던 것이다
달이 뜨고 졌던 나날
이리 미안한 날이 또 있을까
달이 뜨고 질 나날

이리 죄스런 날은 또 올까

　　— 「무늬7 여자의 생리가 끝났을 때」 전문

　시인의 시에서 그의 아내와 아이들은 가슴 아픈 사랑의
대상으로 떠오른다. 그는 군에 가기도 전에 결혼해야 했고
아이를 낳아 기르면서 자신을 기다려야 했던 아내, 갓 태어
나 자라면서 해마다 수술을 해야 했던 아들 아이, 멀리 공
부 보내 따로 커야 했던 딸 아이에 대한 깊은 사랑과 미안
함을 담담히 드러낸다. 어떤 시를 보면 아내와 이 혈육붙이
들의 삶은 간단치 않았다. 그렇게 우리들에게는 너무 일찍
만난 아내와 세상에 채 적응되지도 못한 채 낳은 아이들이
있다.

　「1995 길을 잃고」, 「1996 중경삼림」, 「1997 잔치를 끝냈
다」의 시들이 보여주듯이, 1989년부터 1990년에 걸쳐 전개
된 동구 사회주의 세계의 몰락, 해체 속에서 우리들 또한 길
을 잃었다. "결국 길을 잃고 결국 나를 잃었다는 / 어느 한
생각의 끝점에 도달했을 때"(「1995 길을 잃고」), 나는 어느 평론
에서 "꽃을 잃고 나는 쓴다"고 썼다. 시인은 지금은 소설가
가 된 김별아와 함께 그 무렵 영화 『중경삼림』을 보았던 모
양인데, "내겐 무척 난해하였"(「1996 중경삼림」)던 반면 김별아
는 "신기하게 인상적"이라고 했단다. 나는 그게 무슨 뜻인지
단박에 알아차릴 수 있다. 1990년대 초반부터 중반에 이르
기까지 우리 같은 사람들은 과거의 감각과 미학, 윤리의식,
가치관에서 깨어나고 싶지 않았다. 세상은 그런 우리를 남

겨두고 어디론가 가혹한 여행을 떠나 있었다. 그리하여 최영미 시집의 표제시처럼 "서른, 잔치는 끝났다. / 한 시인이 80년대 종언을 선언하던"(「1997 잔치를 끝냈다」) 것처럼, 그때 우리들은 저마다 무리에서 떨어져 나와 표랑하는 외톨이들이었다. 조직이라는 가구의 '절대신'은 사라져버리고 그 "조직이란 이름의 유령만 저 홀로 붙들고" 있던 사람들은 "제 청춘의 푸른 피가 다 빠져나간 줄도 모른 채 / 새까맣게 야위어"가야 했다.

「1997 절필」, 「1998 돌 반지」, 「1999 정동진」 같은 시들은 철 지난 이상을 강제로 몰수당한 사람들이 처해야 했던 가혹한 현실을 보여준다. 기댈 만한 깃발은 없었으므로 이제 우리들은 살아남아야 했다. '남'들이 일찌감치 세상 움직이는 이치에 적응해버린 후 뒤늦게 '생활'에 뛰어든 이들에게 남은 것은 비루하게도 무엇인가 벌어대야 하는 삶이 있을 뿐이었다. 그들이 배척한 자본의 메커니즘은 잔인하게도 그들에게 회심을, 회개를 요구했다. 예나 지금이나 '무쇠'의 논리는 무정하다. 이 심판에서 어떻게 살아남느냐가 이후의 삶을 '결정'한다.

이제 시인에게 삼십대의 장이 펼쳐진다. 그는 직장에 다니기를 그만두고 IMF의 격랑 속에서 독립을 결정하고 돈을 빌린다.(「서른1 독립선언」) "폐허 속에서도 삶의 욕망은 눈을 뜨고 / 탐욕은 공포와 불안을 먹고 자라는 것처럼 / 내가 발 딛고 선 곳도 그랬다."(「서른2 상해탄」) 그리고 불야성 학원가에 뛰어들었던 이 정직한 고백의 주인공처럼 나 또한 한때 서울 변두리 독산동부터 압구정동 현대백화점 뒤 아파트에까지 이르는 몇 년간의 학원 선생, 과외 선생 기록을 가지고 있다. 그런 중에도 그는 평양에도 가고(「서른3 평양을 가다」), 학원 이사장으로 불리고(「서른4 화려한 불안」) 이상을 잃은 채 돈을 벌고 있다는 불안에 시달린다. 이 "화려한 불안"에 익숙해진 사람들은 다시 그 이전의 세상으로 돌아오지 못했다. "변방의 일상"의 "화려함"에 몸이 익어 마음마저 '익어버린' 사람들도 있었다. 그렇다고 해도 그 또한 하나의 삶일 뿐 비판이나 야유는 있을 수 없다.

시인과 나 사이에는 세대 상 몇 년 사이의 격차가 있지만 '같은' 역사 감각을 품은 까닭에 기억에 남은 장면도 서로 겹치는 곳이 많다. "나의 대통령은 끝내 / 부엉이바위에서 뛰어내렸"(「서른10 불혹 앞에서」)다 했을 때 나 또한 텔레비전에서 뉴스를 접하고 전율에 사로잡혀야 했다. 2007년 대통령 선거 때 시인은 첫 기권을 했다 하는데,(「서른8 생애 첫 기권」) 나는 그래도 미련을 버리지 못하고 투표를 했다. 이 시인은 지혜로운 사람이었던 것 같다. 그는 '새' 인물의 "위풍당당한 등장"을 바라보면서 전화번호를 바꾸기로 마음먹고 겨울산을 오르기로 한다.

(전략)
한 진영에게 무한정 일관했던
고집스런 감정 이입과 관용 그리고 인내
어쩌면 또 다른 방식으로

세상과 사람을

무한정 갉아먹었을지도 모를 벌레 같은

나의 착오와 아집을

다시 한 번 들여다보자 생각했다

(후략)

— 「서른8 생애 첫 기권」 중에서

위 시구를 보며, 나는 시인이 그 시절 겪었을 기억과 성찰의 깊이를 가늠하려고 노력한다. 시구는 두 가지 기억과 성찰을 하나로 통합하려는 시인다운 시도를 보여준다. 하나는 "한 진영"이라는 말로 표현된 정치적 반성을 가리키며 다른 하나는 자신이 세상과 사람을 갉아먹어 왔는지도 모른다는 윤리적 반성을 가리킨다. 문제의 소지를 자기 자신으로 환원하지 않는 사람은 문학적이지 않다고 보면, 이 시인은 역사의 막다른 곤경에 처하여 문제를 타자의 문제 또는 집단의 문제로 돌아볼 뿐 아니라 자기 자신의 문제로 환원시킨다. 이것이 있고서야 새로운 삶이 펼쳐질 것이다.

3.

제2부 「마흔, 무늬 몇 개」는 '무늬' 연작으로 이루어져 있다. 이때 '무늬'란 옛날 소설가 최명익의 소설 제목처럼 '심문(心紋)', 즉 '마음의 무늬'를 가리킨다고 보아야 할 것이다. 이제 마흔 살쯤 되면 삶은 이 시대의 동시대에 들어선 셈이다.

그렇다면 이 제2부를 제3부의 '쉰 즈음' 시들과 함께 살펴보아도 될 것이다.

앞의 제1부에 실린 마지막 시를 보면 그는 고향으로 가지 않고 '불암산'에 들었는데, 이 산은 내가 알기로 서울의 근교에 있다. 서울 북쪽에 있어 필암산, 천보산이라고도 부른다.

이제 마음이 '돌아섰으므로' 시인에게는 새로운 인식의 싹이 돋는다. 시간을 길게 쓰는 사람이라야 오는 깨달음의 깊이와 놀라움이 따른다. 예를 들어 이런 시가 있다.

꽃도
사람처럼
선 채로 살아간다는 걸
먼저 서고 나서야
핀다는 걸
까마득한 옛날부터
그래왔다는 걸
이제야
안다
그까짓 화관(花冠)이 대체 무어라고
어느 봄 한 날
눈물겨워라
시간을 모아
제 허리를 만들고
시간을 세워

우주 한 장 밀어 올리는

저

공력이

— 「무늬1 꽃도 사람처럼」 전문

"꽃도 / 사람처럼 / 선 채로 살아간다"는 것은 평범해 보이지만 이 표현을 얻고 난 다음에는 결코 간단치 않은 깨달음이 앞서 있음으로 알 수 있다. 또 다음과 같은 시도 있다.

새도 때론 걷는다

왜 난다, 고만 생각했을까

나이 쉰

무어 그리 놀라운 발견이라고

아파트 앞 벤치에서 벌떡 일어나는데

이 심장 뛰는 것 좀 보소

— 「유레카」 전문

"새도 때론 걷는다"는 말은 또 얼마나 단순하면서도 깊은 인식을 표현하고 있는가. 이와 같은 맥락에서 "가벼운 것들은 / 천상으로 흩어지고 / 무거운 것들만 / 지상으로 떨어"(「무늬2 불암 산정엔」)진다. "우리의 꿈도 / 꽃잎처럼 무게가 없어 / 어느 한 날 / 지상의 무게를 안고 / 저렇게 지는 것이냐"(「무늬6 벚꽃 지고」) 한다. 한밤에 안 자고 깨어 있는 사람만이 "꽃 지는 / 소리" "크게" 들을 수 있다.(「무늬9 늦봄에」) 그러고 보면 이런 좋은 깨달음은 짧은 시를 통해서야 제 맛대로 전달될수 있는 법인 것 같다. 비단 자연의 순환 속에서 얻는 인식만 아니라 생활 속의 얻음이라 해도 짧은 표현은 깊은 맛을낸다.

> 몇 달 전까지 자장면을 하나만 시켜 먹었다
> 스마트폰에 입력된 중국집 전화번호를 누르면
> 아 예 손님 자장면 하나 맞으시죠
> 늘 친근한 여주인의 목소리가 들려왔다
> 요즈음은 자장면을 꼭 두 개씩 시켜야 한다
> 자장면을 좋아하는 사람들은 금방 안다
> 바뀐 배달 규정이 상술이 아니라는 것쯤은
> 지구 끝이라도 찾아왔던 자장면이여, 힘내시게
>   —「자장면 두 개」 전문

　제2부와 제3부에 실린 시들을 보면 시인은 오랫동안 서울근교 불암산에 들어가 바뀐 시대의 '미친' 바람을 피해 칩거의 시간을 가졌고, 그 후 어떤 계기인가로 다시 세속의 세상속으로 돌아왔다.
　남성들에게 사십대, 그리고 오십대 전반은 안타까운 귀속노력을 거쳐 인생의 허무를 안고 그럼에도 세속 생활을 살아가지 않을 수 없는 삶의 시기다. 이 시기에 시인은 흑염소탕집을 하는 "소꿉친구"를 만나기도 하고(「무늬4 냄새」) 후배의 생계를 위해 마음을 내기도 하고(「무늬10 돌아오지 못한 시」),

먼 옛날 개봉동 오르막길 끝집에 살던 선배를 떠올리기도 한다.(「무늬13 한 형의 안부를 묻는다」) 또 어느 날은 친구가 폐암에 걸려 수술을 해야 한다는 소식을 듣기도 하는데(「내일은 눈이 왔으면 좋겠다」), 이런 시는 결코 예사롭게 보이지 않는다. 나만 해도 올해 벌써 일 년 후배, 일 년 선배 귀한 사람들이 백혈병과 대장암으로 유명을 달리했으니, 이제 이 시인과 나는 죽음이 바로 건너 보이는 나이에 도달했다.

그러므로 이 시기는 시인에게 무서운 정신적 위기의 세월이기도 하다. 기억과 성찰은 새로운 삶을 낳지 못한다면 다만 불임의 고통으로 끝날 수도 있다. 무서운 삶의 혼란 속의 고민과 방황은 다음과 같은 시에 잘 나타난다.

홀로 눈을 뜨고
홀로 밥을 먹고 산 지
몇 해 되었다

아빠라는 계급장을 떼고
남편이라는 굴레를 벗으니

이따금
외딴 산사 앞마당이나
한 번도 가본 적 없는 성당 앞

마지막 남은

단풍잎 한 장처럼

적막에 매달려 있는

나

—「쉼」 전문

　시인은 적막함에 물들어 있다. 우리는 함께 있어도 누구나 고독함에서 벗어나지 못한다. 모든 것을 겪고 난 사람처럼 우리는 가장 슬픈 일에도 쉽게 반응하지 못하는 사람들이 된다. 그리하여 우리는 어디까지 메마를 수 있는 것일까. 시인의 두 편의 시 「무늬5 나도 좀 울고 싶다」와 「무늬14 디오게네스처럼」은 슬픔이 말라버린 단계의 시인의 모습을 보여준다. 여기에 "나는 슬픔이 말라버린 것일까 / 누군가에게 슬픔을 적출당한 것일까"(「무늬5 나도 좀 울고 싶다」) 하는 놀라운 표현의 '슬픔'이 모습을 드러낸다. 우리는 급기야 "슬픔"마저 "적출"당해 버렸다. 세월호 참사라는 미증유의 비극을 앞에 놓고 시인은 가장 반어적인 화법으로 다음과 같이 말했다. "눈 뜨고 감을 때마다 / 끝도 없이 밀려오는 죽음의 이야기 // 그러나 정신과 몸은 / 쉽게 반응하지 못한다"(「무늬14 디오게네스처럼」) 그러나 그 뒤는 또 놀라운 반전이 있다.

　　　　　　(전략)
　그런 나를 무감하다고

야단치지 마시라 너의 유감에만 충실하시라

동원되지 않은 내 감정 그 자체와
난 지금 외로운 사투를 하고 있나니

부디 내 눈앞에서 비켜주시게
햇볕 가리네
　　　　　—「무늬14 디오게네스처럼」중에서

이를 두고 어떻게 생각해야 할까. 내가 보기에 이것은 주어진 윤리, 가치 척도로부터의 해방이다. 이로부터 물러나 자기 자신의 '순수한' 감각과 감정으로 세계를 다시 한 번 흡수해 들이고자 하는 희디흰 '습자지'의 고백이다. 이렇게 깊은 자기 '노출'이 있다면 이제 그는 다시 출발해도 좋으리라, 잃어버린 그 자신의 꽃을 찾아서.

4.

이 시집에서 가장 아름답고 감동적인 시들이 모여 있는 곳은 제4부 '역사의 바깥'이다. 앞의 세 개 부에 실린 시들은 시인이 겪어온 삶의 여정과 읽는 이들의 삶의 경험이 중첩되는 데서 오는 공감과 연상이 감동의 주된 원천이다. 이 또한 간단치 않은 깊이를 갖고 있어, 나와 같은 사람도 민주화 운동의 경험, 동구 사회주의권 몰락 이후의 정신적 방황,

이후 김대중, 노무현 정부에서의 환희와 아쉬움, 그 뒤에 이어진 두 정부 아래서의 환멸 같은 것을 시인과 함께 아파하지 않을 수 없었다.

제4부에 실린 시들에 오면 이제 시인의 세계는 오롯이 자기 자신'만'의 것이 된다. 남들과 다른 이 시인만의 지식과 감성이 가장 잘 드러나는 대목이 바로 이곳이다. 시인이 386 끄트머리에 위치한 그 세대적 공통성을 넘어 그 자신만의 독특한 세계인식을 구축하는 곳, 자신의 세대와 그 아래 위 세대 독자들을 향해 지금까지 잘 알려지지 않았던 사실, 진실을 들려주며 세계를 더욱 넓게 볼 수 있도록 이끌어주는 곳도 바로 이곳이다.

이 제4부의 소제목을 왜 시인은 '역사의 바깥'이라고 했을까. 이곳에는 모두 서른두 편의 시들이 실려 있는데, 알고 보면 이들은 모두 일상적이라기보다는 역사적 삶을 살아간 사람들의 이야기를 담고 있다고 해야 한다. 예를 들면 '역사의 바깥' 연작의 첫 번째 작품은 '전정숙'이라는 이름을 가진 여성에 관한 이야기를 쓴 것인데, 이 전정숙은 보통 여성이라 할 수 없는 만해 한용운의 아내다. 이 여성이 일상적인 삶을, 역사의 '바깥'을 살아갔다고는 쉽게 말할 수 없을 것이다. 시에서 전정숙 여인은 한용운이 백담사로 가버리자 홍주 땅에 홀로 남아 아들을 낳아 기르며 외로운 일생을 보냈다.

일제 강점기에 지사의 아내는 주요 감시 대상 가운데 하나였으니 일상적 삶에서도 늘 일경의 시선에 노출되어야 했을 것이다. 이렇게 성장한 아들이 또한 '문제'였다. 그 아들 보국은 성장하여 좌익이 되어 전쟁 통에 목숨을 잃어버린 것이다. 이 이야기를 담담히 풀어놓은 다음 시인은 다음과 같이 덧붙였다.

(전략)

이런 기막힌 이야기들은
한 세월 저잣거리에 나뒹굴며
이리저리 차이는
잔돌이 되고 말았는데
홍주 땅에 들러 내가 주워든 자그마한 이 돌이
혹여 그 잔돌이 아닐런지 모르겠다
조강지처요 어미로만 늙다 간
조선 여자 전정숙을 위해
술 한잔 아니 올릴 수 없다
―「역사의 바깥1 전정숙」중에서

이 대목은 내가 보기에 시인이 '역사의 바깥' 연작을 쓴 마음을 명료하게 보여준다. 말하자면 그는 읽는 이들에게 공식적 역사는 물론이요, 비공식적 역사에도 등장하기 어려운 "이야기"의 인물들, "이리저리 차이는 / 잔돌" 같은 "이야기들"을 들려주고자 한다. 또 그러면서, 그럼으로써, 이 인물들을 위해 "술 한잔" 올리는 제향의 의식을 치러내고자 한다. 젊은 시절 민주화운동의 시기를 보냈고 이후에도 그

러한 세대적 감각과 정서와 의식으로 삶을 이어온 시인이지
만 그가 보기에 역사는 구체적 진실을 드러내주지 못한다.
공식적일 뿐 아니라 비공식적 역사도, 무대 위에서 크게 움
직이는 인물들만을 포착할 뿐 그늘에 가린 사람들은 제대
로 비추지 못한다. 사람들의 삶은 이러한 역사 '이면'의 인물
들 없이 이어져 나가지 못하는 것이다. 시인은 시인답게 역
사가와 달리 공식적, 비공식적 역사의 무대 아래, 또는 "바
깥"을 살아간 사람들을 향해 깊은 동정의 시선을 할애한다.
공식적 기념비나 추모탑에는 물론 재야 역사가의 저항적 담
론에도 등장하기 어려운 "잔돌" 같은 사람들의 이야기, 이
이야기들의 '주인공'을 향해 시인은 한 줄기 향불을 피워 올
리고자 한다.

 '역사의 바깥'에 수록된 인물들의 삶은 처참하기도 하고
억울하기도 하다. 중음신이 되어 구천을 떠도는 헐벗은 혼백
들을 위해 시인은 정성을 다해 언어의 향불을 피워 올린다.
일제 강점기의 독립운동가 김립은 이동휘 휘하에 있었는데,
레닌이 보내준 조선혁명 자금을 횡령한 죄목을 뒤집어쓰고
"백주 대낮에 / 암살되고 말았다".(「역사의 바깥4 김립」) 제1차 세
계 대전 중 극동전투에서 싸웠던 헝가리 병사 마자르는 북
경으로 흘러들어 조선 독립을 위해 싸우는 젊은이들의 벗이
되어주었다.(「역사의 바깥5 마자르와 오토바이」) 서북 사람인 서왈
보와 유동열이라는 사람은 안창호와 함께 청도로 망명했다
마적이 되어 동북삼성의 부잣집을 털려 했으나 장쭤린 군벌
들에게 쫓겨 다니기만 했다.(「역사의 바깥10 마적 형제」)

동학혁명 때 앞에 나선 두령들 중에는 이소사라는 이름의 여성 장부도 있었다고 한다.(「역사의 바깥13 사람 이소사」) 당시 스물두 살의 이 여장부는 흰 말을 타고 다녔다고 한다. 관군에 의해 기록된 이 여성에 관한 이야기를 나는 어디서도 접해본 적이 없는데, 시에 따르면 시인에게 이 여성의 존재에 관해 말해준 것은 어떤 역사학자였다. 그는 시인에게 이 이소사야말로 "조선 통틀어 최초의 여성 정치 당원이자 / 근대의 첫 장을 열어젖힌 / 사람!"이었다고 한다. 이와 관련하여 나는 일제강점기 때 천도교의 지도자 중 한 사람이었던 이돈화의 『인내천의 연구』에 나오는 동학 의병들의 긴 명단을 떠올린다. 그 시대에 조선의 근대혁명을 꿈꾸며 일어났던 의병들의 삶은 어느 것 하나 구체적으로 기록된 것이 없고 남은 것은 오로지 이름 석 자 또는 두 자뿐이다. 역사의 어느 한 시대를 살아간 이들의 전 존재는 다른 어떤 것도 아닌, 오로지 이 이름만으로 현재에 그 존재를 알리고 있는 것이다. 이소사라는 여성 '의병장'은 흰 말을 타고 다닌 여성이라는 특이성 때문에 다른 이들과 달리 몇 문장 더 역사에 존재를 알릴 수 있었을 것이다. 그러므로 이 이소사라는 이름은 그렇게 이름 없이 스러져간 수많은 '의병장'들의, 또 그들과 함께 스러진 의병들을 대신하는 이름이라고 해야 한다.

그런가 하면 홍범도 장군의 봉오동 청산리 전투 같은 빛나는 전과도 그 그늘을 살펴보면 이로 인해 일제 만주군에 의해 무참히 보복 살해를 당해야 했던 사람들이 있다.(「역사

의 바깥14 빚은 높고 빛은 깊고」) 간도 한인들은 패배를 설욕하려
는 일군에 의해 무참히 살육당하고 불태워졌던 것이다. 이
로부터 시인은 다음과 같은 의미심장한 깨달음의 언어를 내
놓기에 이른다.

(전략)

옛일을 복기하거나

지금 세상에도 똑같이 일어나는

저 숱한 윤회의 자국들을 살필 때

그대, 늘 조심하고 또 경계하여라

모든 빛 뒤엔 항상 무거운 빚이 있으니

빚을 갚지도 않고 빛나는 모든 것들은

믿을 것이 못 되거니와

이제라도 네 빚을 되돌려주어라

해마다 술 한잔 올려주어라

— 「역사의 바깥14 빚은 높고 빛은 깊고」 중에서

이제 시인의 시선의 '역사'는 만주에서 연해주 쪽으로, 지
금의 중국 땅에서 러시아 땅 쪽으로 옮겨 간다. 거기에는
비운의 시인 소설가 조명희가 있고(「역사의 바깥19 조명희」), 무
명지를 잘라 독립운동을 맹세하고 하얼빈 역두에서 이토
히로부미를 처단한 안중근이 있고(「역사의 바깥21 블라디보스
토크 기차역에서」), 우수리스크 수이푼 강에 자신의 유골을
뿌려 달라 했던 독립운동가 이상설이 있다.(「역사의 바깥23 우

수리스크 수이푼 강에서」) 함경도 노비 기생의 자식으로 태어나 연해주로 이주해서 사업으로 성공했던 최재형, 그와 4남 7녀의 비극적인 말로가 아로새겨져 있기도 하다.(「역사의 바깥25 우수리스크 최씨 수난기」) 이러한 진진한 이야기들 속에서 나는 「역사의 바깥22 자유시, 스보보드니」와 「역사의 바깥24 우수리스크 라즈돌노예 역에서」 두 편을 각별히 언급해두고자 한다.

지금은 스보보드니라고 불리는 알렉세예프스크에서 1921년 1월부터 6월에 걸쳐 벌어진 볼셰비키와 한국의 독립군 사이에 벌어진 군사적 충돌을 가리켜 자유시 사변이라고 부른다. 봉오동, 청산리 전투에서 승리를 거둔 독립군은 일제의 설욕전에 밀려 러시아 영토로 들어가는데, 그렇게 "자유를 찾아 자유시로"(「역사의 바깥22 자유시, 스보보드니」) 간 독립군들은 볼셰비키와 일제의 모종의 필요의 희생양이 되는 참사가 벌어졌던 것이다. 이 '학살극'을 두고 시인은 "졸렬했던 러시아 국제주의"가 "동북방 범 세계인 까레이스키들"을 몰라본 것이라 하고, 또 자유라는 뜻을 갖는 스보보드니의 이름을 빌려 "졸렬한 자유", "속 좁은 사상들이" 조선의 사나이들을 희생시켜버린 사건으로 해석한다.

이러한 시인의 시각은 연해주의 한국인들을 중앙아시아로 강제 이주시킨 1937년 참사에 대해서도 깊은 동정을 금치 못하는 것으로 나타난다. "1937년 9월 11일 아침" "신한촌 개척리 고려인들을 줄줄이"(「역사의 바깥24 우수리스크 라즈돌노예 역에서」) 태운 기차를 시발점으로 하여 연해주에 흩어

져 살던 17만 고려인들은 혹한의 겨울에 옷가지도 식량도
변변히 갖추지 못한 채 수많은 희생자를 낳으면서 중앙아시
아로 끌려가 아무 시설도 없는 겨울 들판에 무자비하게 흩
뿌려졌다. 이 강제 이주와 함께 조명희 같은 고려인 지도자
들은 아무도 모르게 끌려나가 일제의 밀정이라는 식의 말
도 안 되는 죄명을 뒤집어쓰고 죽음을 당해야 했다. 시인이
말한 것처럼 "어디로 가는지 왜 떠나는지 / 언제 돌아오는
지 / 누구 하나 가르쳐주는 이 없었"다. "불씨 한 올 없는 횡
단열차 안에서 / 아기들이 제일 먼저 얼어 죽"고, "노인들은
굶주린 낙엽으로 굴러 떨어졌"다. 시인은 이 참혹한 역사
의 비극을 깊은 마음의 고통을 안고 긴 시행에 실어 읊조
려 나간다.

그렇게 이 나라의 선인들이 고조선, 발해를 세운 이래 긴
세월에 걸쳐 우리네 삶의 터전으로 이어져온 북만주, 연해주
에서 한국인들의 삶은 뿌리째 뽑혀나가 버렸다. 시인은 이
현대사의 비극적 현장들을 답사하며 이념이란 무엇인지, 어
떻게 해서 자유를 추구하는 사상이 자유를 할애받아야 할
사람들을 억압하는 폭력으로 변전되는지 고민한다. 이러한
공식적 역사의 횡포에 희생당했던 사람들의 삶을 돌아보며
그들의 가없는 아픔을 자신의 것으로 받아들이고자 한다.

5.

채광석 시인의 이 시집을 접하면서 나는 시로 씌어진 자

서전의 깊이와 감동에 관해 생각한다. 모든 문학은 이미 작가의 자서전이라는 말이 있지만 모든 작품이 그와 같은 표현에 값하는 수준에 접근하는 것은 아니고, 특히 이 자서전적 '진술'이 시를 통하여 시도된다 하면 보통의 자서전을 쓰는 것보다 오히려 까다로운 문제들에 봉착하게 된다.

다른 세대의 문학인들도 물론 마찬가지지만 특히 386세대의 문학인들, 작가와 시인들은 그들의 20대의 '특별한' 경험으로 말미암아 언제나 기억과 성찰로 돌아가고자 하는 충동을 겪게 된다. 이 기억과 성찰이 값진 것이 되려면 몇 가지 유의 사항이 필요하다. 무엇보다 그들은 자신의 '특별한' 경험을 특권화 하고자 하는 유혹에서 벗어나야 하는데, 문학이란 본래 겪은 사건이 특별해서가 아니라 그것을 되돌아보는 태도와 시각의 깊이, 넓이에 의해서 문학다운 가치를 부여받게 된다. 386세대의 문학은 1990년대 중반에 후일담 문학이라는 형태로 이미 한 번 '집단적인' 차원에서 기억과 성찰을 시도한 바 있다. 그 시절에 그들은 아직 너무 젊었고 경험의 무대와의 거리 또한 너무 가까웠다. 지금 당장 모든 것을 보고 느끼고 생각할 수 있는 것 같지만 시간이 흘러서야 비로소 나타나는 진실이 세상에는 너무 많다. 386세대의 경험적 진실이라는 것이 바로 그렇다고 생각한다. 나 또한 이미 오래 전에 산문집 "명주"를 내서 너무 이른 나이에 386세대로서의 기억과 성찰을 시도한 바 있다. 젊어서 절실했다고 할 수 있을지 모르지만 세상을 충분히 살지 않고도 모험을 감행한 사례 가운데 하나였다.

채광석 시인의 시집은 왜 그가 스물세 해라는 긴 시간을 시로부터 멀어져야 했는지, 또 왜 결국은 시로 돌아올 수밖에 없었는지 말해준다. 수록된 첫번째 시에서 마지막 시까지 나는 그의 모든 시들을 나의 경험에 연결지어 읽을 수밖에 없었다. 제4부에 실린 시들마저 불과 얼마 전에 나는 블라디보스토크의 신한촌과 우수리스크 수이푼 강에까지 돌아보았던 것이며, 청년 안중근의 결의와 의거와 의연한 죽음까지 순례 삼아 떠났다 전율에 사로잡히지 않을 수 없었다.

채광석 시집 『꽃도 사람처럼 선 채로 살아간다』를 읽으며 이 시인과 나는 지금 얼마나 가까운 사람들인지 생각한다. 내가 걸어온 모든 것을, 상처와 고통과 죄책감과 새롭게 일어나는 꿈까지도 이 시집은 함께 나누어 갖도록 한다. 이 새로운 시적 자서전이 우리들로 하여금 가슴 깊이 도사린 슬픔과 아픔을 어루만져주고 타인들의 삶에 대한 새로운 자각으로 이끌어 줄 것이다.

그대 너무 괴로워하지 말게나. 아직 우리에게 시간이 남아 있으니. 살아가야 할. 사랑해야 할.